eye.

守望者

——

到灯塔去

Loitering
with Intent

处心积虑

MURIEL SPARK

〔英〕缪丽尔·斯帕克 著
彭贵菊 译

南京大学出版社

前　言

缪丽尔·斯帕克于 1918 年 2 月 1 日出生于爱丁堡。她是茜茜和伯纳德·坎伯格夫妇(Cissy and Bernard Camberg)的二女儿,她父亲是位工程师,家族兼有犹太人和立陶宛血统。她在 1992 年出版的《自传》(*Curriculum Vitae*)中详细地记述了温馨的童年生活的点点滴滴。她的家庭虽属劳动阶层,日子过得并不宽裕,但她并没有缺吃少穿。她的母亲性格外向,有很多朋友,总是在唱歌和讲故事,她的衣着总是很特别,在布隆兹菲尔德那些衣着单调的女人中间,她显得很出众。

她五岁时,老斯帕克送她上了詹姆士·吉尔斯皮女子学校,她在那儿一直读到十六岁。在她的记忆中,那是一段快乐的时光。她曾被选为学校的"诗人和梦想家",

她早年写的诗歌就发表在该校的校刊上。1929年,她遇到了她的启智老师——独身的克里斯蒂娜·凯伊,这位老师对她此后的生活产生了决定性的影响。例如,正是这位凯伊小姐,带着她和她的朋友们——"尖子中的尖子"——穿过老城区远足、看展览、听音乐会、参加诗歌朗诵,她还鼓励她,一定要当作家。她后来写道:"我感觉我别无选择。"她的第六部小说,也是最有名的一部,《布罗迪小姐的青春》(*The Prime of Miss Jean Brodie*)里的女主人公不能说是完全按照凯伊小姐的模子写的,但和凯伊小姐十分相似。和离经叛道的布罗迪小姐一样,凯伊小姐热爱意大利文化,天真地崇拜墨索里尼,将墨索里尼的画像挂在墙上,和文艺复兴大师们的画作挂在一起。

毕业后,斯帕克报读了赫瑞-瓦特学院的一个概要写作班。后来,她找到了份工作,是一家百货商店店主的秘书,该商店位于苏格兰首府的主干道王子大街上。在一次舞会上,她邂逅了曾经的犹太教信徒西德尼·奥斯瓦尔德·斯帕克(Sydney Oswald Spark),她事后想,他名字的首字母应该是在提醒她离他远点儿,这位"SOS"和她爷爷奶奶一样生于立陶宛。她十九岁,他三十二岁。他想去非洲教书,缪丽尔呢,迫切想离开爱丁堡,开始自己的生活,于是答应了和他订婚。1937年8月,她跟着他到了南罗德西亚(现在的津巴布韦),9月,他们结了婚。1938年,他们的儿子罗宾出生,不久,他们就分居了。

第二年,战争爆发,斯帕克回家的希望落了空,她只能留在非洲。1944年,她总算离了婚,搭乘运兵船回到英国。她把儿子交给父母照顾后,回到了伦敦,这座城市遭受了德国的闪电袭击,满目疮痍。她住在海伦娜会馆,也就是小说《收入菲薄的女孩们》(*The Girls of Slender Means*)中泰克五月会馆的原型。她在外交部政治情报司工作,这个机构存在的目的是面向德国人做反纳粹宣传。

战争结束后的几年里,她尝试以写作谋生。1947年,她担任诗歌协会的秘书长并兼任协会杂志《诗歌评论》(*Poetry Review*)的编辑。然而,她和传统主义者之间产生了分歧,包括节制生育运动的发起人玛丽·斯托普斯(Marie Stopes)。斯帕克说,很遗憾,"是她的母亲没有节制生育而不是她"。她的第一本书《致敬华兹华斯》(*A Tribute to Wordsworth*)是与她当时的恋人德里克·

斯坦福(Derek Stanford)合作完成的,于1950年出版。两年后,她凭小说《撒拉弗和赞比西河》("The Seraph and the Zambesi")赢得了《观察家报》(*Observer*)发起的短篇小说创作比赛。1952年,她的处女作诗集《〈芳法罗〉及其他诗作》(*The Fanfarlo and Other Verse*)问世。

她于1954年皈依天主教,碰巧在此期间,她开始创作她的第一部小说《安慰者》(*The Comforters*)。这部小说于1957年出版,赢得了格雷厄姆·格林(Graham Greene)和伊夫林·沃(Evelyn Waugh)等知名作家的称赞,这样一来,斯帕克就可以辞掉兼职秘书工作,专心致志地从事小说创作。四部小说——《罗宾逊》(*Robinson*)、《死亡警告》(*Memento Mori*)、《佩卡姆·赖伊民谣》(*The Ballad of Peckham Rye*)、《独身者》(*Bachelors*)和一部短篇小说集《不归鸟》(*The Go-Away Bird*)接踵面世,她的独创性和幽默感进一步得到肯定。

不过,真正让斯帕克一举成为国际知名畅销书作家的是1961年出版的《布罗迪小姐的青春》。该小说被改编成话剧和电影,女星麦琪·史密斯(Maggie Smith)在剧中扮演题名中的女教师,她凭该剧获奥斯卡最佳女主角奖。史密斯和她所扮演的角色紧密联系在一起,斯帕克说,很多读者甚至认为是史密斯造就了布罗迪小姐。斯帕克喜欢称这部小说为"摇钱树",它不仅赢得了商业上的成功,也得到了评论界的一致好评,在作者漫长的创作生涯里,一直畅销不衰。在美国,《纽约客》杂志最早刊登了这部小说,编辑威廉·肖恩(William Shawn)为斯帕克提供了一间办公室,她在这里创作了两部小说,《收入菲薄的女孩们》和《曼德尔鲍姆门》(*The Mandelbaum Gate*),后者获詹姆斯·泰特·布莱克纪念奖。

1967年,斯帕克厌倦了纽约的喧嚣和幽闭,去了意大利和罗马。同年,她获得大英帝国官佐勋章(OBE),还出版了第一批短篇小说集和诗集。她不断有长篇小说问世。1968年出版的《公众形象》(*The Public Image*)入选布克奖候选名单。斯帕克自认为她最好的小说是1970年出版的《驾驶席》(*The Driver's Seat*)。1974年,她出版了《克鲁修道院院长》(*The Abbess of Crewe*),这是一部暗讽"水门事件"的小说,故事的背景是修道院。

二十世纪七十年代中叶,斯帕克离开罗马去了托斯卡纳,住在她的艺术家朋友佩内洛普·贾丁(Penelope

Jardine)闲适的乡下老房子里。房屋被葡萄藤和橄榄树环绕,在这里她可以专心写作,不用担心有人打扰。此间创作的第一批小说有《接管》(*The Takeover*)、《领土权》(*Territorial Rights*)和《处心积虑》(*Loitering with Intent*),《处心积虑》再获布克奖提名,这幢房屋也成了她最后的家。

她晚年常常病魔缠身,但她从未停止创作。写作是她的天职,她始终笔耕不辍。她总是在写诗,从不缺写小说和戏剧的点子。她晚期的作品有《肯辛顿旧事》(*A Far Cry from Kensington*)、《学术会议》(*Symposium*)、《现实与梦想》(*Reality and Dreams*)以及《教唆》(*Aiding and Abetting*)等。她的收笔之作是《精修学校》(*The Finishing School*),于2004年出版,小说中的大部分人物都是未来的作家。两年后,斯帕克溘然长逝,终年八十八岁,葬于基亚纳河谷奥维托村带围墙的公墓里。她的墓碑上仅仅用意大利文刻着:诗人。

(彭贵菊 译)

一

　　二十世纪中叶的某一天,我坐在伦敦肯辛顿区一座还没有被拆掉的旧墓园里,一位年轻的警官离开道路,向我走来。他羞涩地笑着,仿佛要穿过草地,邀我打一场网球。他只是想知道我在干吗,但很明显,他也不想那么问。我告诉他,我在写诗。我请他吃三明治,他不要,说他吃过饭了。他和我聊了会儿天,然后说了再见,说那些坟墓一定都有些年头了,他祝我好运,还说有人说说话真好。

　　这是我的一段人生的最后一天,但我当时并不知道。太阳下山之前,我坐在一座维多利亚时期的坟墓的石板上写诗。我就住在附近的一个客卧一体房里,房子里有一个煤气暖炉和投币煤气灶,灶上有个投币口,可投入采用十进制前的便士或先令①,想投哪种就投哪种,有什么就投什么。我状态很好。我没工作。这本来是件令人沮丧的事,但理性地看,其实也没什么。房东的贪婪也无所谓,他叫亚历山大,个子矮小。我不愿意回家,怕被他拦住。我不欠他房租,但是,他反复劝我租一个大点的、更贵的房间,因为他看到我的单人间里挤满了书、报、盒子、袋子和食品,还经常有客人来访,他们或留下来喝茶,或半夜三更到访。

房东说我花着单人间的钱,过着双人间的日子。到目前为止,我还能经受住他的劝说。同时,我对他的贪婪很感兴趣。涉及租房问题,人高马大的亚历山大太太从来不出面,她决心不让人们把她当作收租婆。她的头发总是油光锃亮,刚在美容店做过的样子,指甲则涂成红色。她就像另一位租客一样,进出都会礼貌地点点头,只是她显得更高人一等。我微笑回应,内心默默欣赏她。

---

① 英国的币制过去一直沿用镑、先令和便士为计算单位,即一镑等于二十先令,一先令等于十二便士。这与国际上通行的十进位制完全不同。到了1971年2月,英国才改用十进位制。(本书脚注均为译注。)

我对亚历山大夫妇没有什么不满,只是不同意他们让我租一个更贵的房间。即使他把我赶出去,我也不会对他们心生怨恨,我主要是对他们感兴趣。在某种程度上,我感觉讨厌鬼亚历山大先生是个中翘楚,经过精挑细选,与众不同。我不想在回租屋的时候碰到他,但我知道,如果碰上他,我肯定有所收获。我很清楚,我的内心有个恶魔,特别喜欢看人原形毕露的样子,不只是如此,不仅是原形毕露,还要暴露更多,更多。

那时候,我有几个很棒的朋友,有善有恶。我几乎身无分文,但精神饱满,因为我刚刚逃出了自传学会(一个非营利机构)的魔爪,学会里的人认为我不是坏就是脑子有毛病。我会告诉你自传学会的故事。

那天我坐在肯辛顿破旧的墓园里写诗,还同一位腼腆的警官交谈。那一天的十个月前,我收到了一封信,称我为"亲爱的芙蕾尔(Fleur)①"。

"亲爱的芙蕾尔",我出生的时候被冒险地取了这个

---

① Fleur 在法语里有"花朵、美人"的意思。

名字,总是这样,他们根本不知道你将来会是什么样子。倒不是说我长得丑,就是觉得芙蕾尔这名字取错了,可它毕竟是我的名字。有些阴郁的人还叫乔伊(Joy)①呢,很多腼腆的人叫威克多(Victor),叫格劳丽亚(Gloria)的人一点也不显赫,叫安吉拉(Angela)的人却很物质,一个人在漫长而充满变化和渗透的一生中,一定会遇到这样的人。我就遇到过一个叫兰斯洛特(Lancelot)的人,但我向你保证,他和骑士精神不沾边儿。

不管怎样吧,这封信写道:"亲爱的芙蕾尔,我帮你找到了一份工作!……"信写得很无聊。写信的是位热心的朋友,我已经忘记她长什么样了。我留着这些信干吗?干吗?我用粉色带子把它们捆成薄薄的一叠,按 1949、1950、1951 这样归类。我学过秘书专业;可能我就是觉得,信就应该分类存起来,我确定我当时认为它们有一天会变得很有意思。事实上,这些信本身没啥意思。例如,在即将转入二十世纪下半叶之时,有家书店写信讨债,说

---

① Joy 为常见英文名,单词本意是"快乐"。下文里的 Victor 本意是"胜利者",Gloria 为 glory(荣耀)的变体,Angela 为 angel(天使)的变体,Lancelot 是亚瑟王传奇故事中有名的骑士。

不给钱就要"采取进一步措施"。当时我欠书店钱。有些店家还比较宽厚。我记得当时我觉得那封威胁采取进一步措施的信挺好玩的,值得保存。可能我给他们回了信,告诉他们我好害怕他们不断接近的脚步声,①越来越近,越来越近。可能我没有这么做,只是在心里想过。显然我最终还了钱,因为收据就在那儿,五英镑八便士九先令。我总是想买书,几乎所有的账单都是买书的。我曾经有一个珍本,我在另一家书店用它抵了账,我不是藏书家,除了内容,珍本的稀缺性对我没有吸引力。我经常从公共图书馆借书,但也经常逛书店,渴望拥有某些书,例如,《亚瑟·克拉夫②诗集》和新版《乔叟文集》,我会同书商交谈,赊一笔账。

"亲爱的芙蕾尔,我帮你找到了一份工作!"

我给位于诺森伯兰的那个地址回了信,陈述了我作为秘书的优点。一周之内,我就搭上了公共汽车去贝克莱酒店接受未来雇主的面试。时间是下午六点,我考虑

---

① Take further steps 意思是采取进一步措施,女主人公故意把词组拆开,把 steps 理解为"脚步",所以有下文的"越来越近"一说。
② 亚瑟·休·克拉夫(Arthur Hugh Clough,1819—1861),英国诗人。

到是高峰时间,提前到了,他比我还要早,我到服务台前询问怎么见他,他从旁边的椅子上站起来,走了过来。

他很瘦小,但不算矮,白发,脸瘦削,高颧骨,颧骨部位发红,但脸色苍白。他的右肩膀比左肩膀靠前,好像总是做着握手的动作,所以,整个人看起来是歪斜的。他有一种气场,好像在说:我是大人物。他就是昆丁·奥利弗爵士。

我们找了个桌子坐下来喝雪利酒。他问:"芙蕾尔·塔尔博特——你有一半法国血统吗?"

"没有,芙蕾尔这个名字只是我妈妈想出来的。"

"哦,有意思……好,对了,我来说明下那份工作的内容。"

他给的工资是1936年的老标准,可现在是1949年,时代不同了。我只要求他再加了一点点,接受这份工作是因为它会给我一个完全不同的经历。

"芙蕾尔·塔尔博特……"还在贝克莱酒店的时候他问我,"和塔尔博特庄园的塔尔博特一家是亲戚吗?马丁·塔尔博特阁下,你认识他吗?"

我说:"不认识。"

"你跟他们并不沾亲带故。当然,还有芬得利精炼厂的塔尔博特一家。他们家是制糖的。她是我的好朋友。人非常好。要我说,他配不上她。"

昆丁·奥利弗在伦敦的公寓位于哈勒姆大街,靠近波特兰街①。我工作的地方就是那里,早上九点钟上班,下午五点半下班,途中经过英国广播公司大楼,我一直希望在那儿找份工作,但未能如愿。

在哈勒姆大街,每天早上,管家提姆斯太太来开门。第一天早晨,昆丁爵士把她介绍给我,称她"贝丽尔,提姆斯太太",她用上层人士的口音纠正说,是贝丽尔·提姆斯太太。我穿着外套站在一旁看着他们争执不下,他礼貌地坚持认为,她离婚前是贝丽尔·托马斯·提姆斯太太,现在,确切地说,应该是贝丽尔,提姆斯太太,根据英语用法,任何情况下都不可能叫贝丽尔·提姆斯太太。然后,提姆斯太太声称要拿社保卡、供应证和身份证给他看,证明自己是贝丽尔·提姆斯太太。昆丁爵士指出,发

---

① 位于伦敦市中心,这条异常宽广的大街上坐落着英国广播公司的广播大厦、中国大使馆等建筑。

证机关的那些职员没什么文化。后来,他提出给她看一本参考书,里面写了如何正确地称呼他人。然后,他转向我。

"我希望你不要抬杠,"他说,"喜欢抬杠的女人如同房顶上漏下的水;《圣经》上是这么说的,不是《箴言》就是《传道书》,我忘了是哪本。希望你不要唠唠叨叨。"

"我话不多。"我说道。这是真的,但是我听得不少,因为我刚开始写一部小说,我的第一部。我脱下外套,有些傲慢地递给优雅的提姆斯太太,她粗暴地拿了过去,昂首阔步地走了,鞋跟使劲敲着拼花地板。她走的时候,鄙夷地看着那件外套,那是当时名为"尤提乐"的一种便宜货。尤提乐是大众服装,品牌标志是交叠的弯月。有些富人本来买得起多维尔、贾克马或者萨维尔街①卖的非大众品牌,还是买了尤提乐,我注意到,对这种衣服,他们都会说"挺好的啊!"我一直很关注这种措辞。

但是,贝丽尔·提姆斯不认为我的衣服挺好。我跟着昆丁爵士进了图书馆。"蜘蛛对苍蝇说,请到我的客厅

———————
① 这条街聚集了售卖高档定制男装的店铺。

来。"昆丁爵士说。对于他的幽默,我也俏皮地一笑作为回应,感觉这也是我工作的一部分。

在贝克莱酒店面试的时候,他告诉我,我的工作"带有文学性质。我们是一个团队,我再加一句,是一个不一般的团队。你的工作非常有趣,当然,团队的效率得靠你了,还有打字——我不喜欢'速记'这个词,太美国——文具柜太乱啦,需要整理。你要忙一阵了,塔尔博特小姐"。

面试结束的时候,我问他,干完第一个星期,能否支付点工资,因为我无法撑到月底。他冷面以对,有点不高兴。可能他怀疑我只想试一个星期;他只猜对了一半,不过我确实需要快点拿到工资。他说:"哦,好吧,当然可以,如果确实有困难。"像是对一个晕船的人说的话。同时,我想不通,他为什么在伦敦的酒店里见我,而不是在我现在工作的公寓里。

我现在已经在公寓里,他自己回答了这个问题。"塔尔博特小姐,我不会随便把任何人请到我家里来。"我回答说,可以理解,大家都一样。环顾四周,我看不到书,它们都在玻璃柜里。但昆丁爵士对我的回答——"大家都一样"并不满意,这样显得我和他平起平坐了。他开始解释,说我没听懂他的话。他说:"我的意思是,在这里,我们组成了一个非常特别的圈子,我们的目的很特殊,这项工作是绝密。请你记住,我面试了六个姑娘,最后选了你,塔尔博特小姐,请你记住这一点。"此时,他已经坐在豪华的桌子后面,靠在椅子上,半闭着眼睛,双手抱在胸前,指尖相对。我在桌子的另一边坐下。

他挥手指着一个巨大的古董柜说:"秘密都在那里。"

我并不吃惊。尽管他显而易见是个怪胎,并且,我感觉他在做的不会是什么好事,但他的言谈举止没有让我感觉到直接的人身威胁。我很警觉,实际上是兴奋。我正在写的小说,我的第一部,《沃伦德·蔡斯》,完全占据了我的生活。我发现一件非同寻常的事:在我写小说的整个过程中,从第一章开始,我所需要的人物、情境、图像和词语,就这样出现了,不知从哪里冒出来,进入了我的视野。我是一块磁铁,把我需要的经历吸过来。我并没有照原样把它们搬到小说里,我从没想过把昆丁爵士塑造成他本来的样子。我从他那里得到的两样东西让我非常高兴——他指尖相对的样子,还有他挥手指着柜子说"秘密都在那里",这些文字生动展现出他多么想表现自己,多么渴望能相信自己。我可以马上辞职走人,不再和他见面,也不会想起他,但会带走这两样东西,还有更多。我感觉自己就像他挥手指着的胡桃色柜子,我在心里说道:秘密就在这里。同时,我也关注他。

多年之后,我已经习惯了日常生活中的这种艺术思考,但当时我还不太熟悉。提姆斯太太也出于同样的原因让我兴奋。她是个糟糕的女人。但我欣赏这种糟糕。我得说,1949年9月的时候,我对于是否能完成《沃伦德·蔡斯》一点把握都没有。但无论我是否能完成那本书,我都照样为这些人和事感到兴奋。

昆丁爵士继续向我交代工作。提姆斯太太拿来了邮件。

昆丁爵士没理她,只对我说:"我吃完早饭才处理邮件,它们太烦人。"(你得明白,那个年代,邮件都是早上八点到,不用上班的人,边吃早饭边读来信,上班的人在公共汽车上读。)"太烦人了。"在此期间,提姆斯太太走到窗边说:"它们都死了。"她指的是一盆玫瑰,花瓣掉落在桌子上。她收起花瓣,塞进花盆,然后把花盆捧走了。她边做这些边看了我一眼,发现我在看着她。她从我身边走过,我继续看着她刚待过的地方,一副目光呆滞、心不在焉的样子,可能这样成功骗过了她,让她相信我不是有意在观察她,只是盯着她站的地方看罢了,心里在想别的事情。也许我根本没骗她,这种事情很难说清楚的。她走之前一直嘟嘟囔囔说着玫瑰凋零的事。她很像一位熟人的太太,走路的样子也像。

我把注意力转向昆丁爵士,他正等着他的管家离开,两眼半闭,双手的姿势好像要做祷告,胳膊肘搭在椅子扶手上,指尖相对。

他说:"人性是个不可思议的东西,我发现它真的是不可思议。你听说过一句古话吗?事实比小说还要离奇。"

我回答说听过。

记得那是1949年9月的一天,空气干爽,阳光明媚,我记得我看着窗户,阳光不时抚摸着棉布窗帘。听来的东西我记得很牢。当我忆起过去的某次际遇,或者一些旧书信唤起我的记忆,我会一下子想起大量与听觉相关的印象,然后才是视觉形象。因此,我记得昆丁爵士说话的方式、他的确切用词和语调。当时,他对我说:"塔尔博特小姐,你对我说的话感兴趣吗?"

"哦,当然感兴趣啦。是的,我也认为事实比小说更离奇。"

我本以为他沉浸在自己的思想里,看不到我把头转向了窗户。我明白,我看着别处是为了捕捉我本能的一些想法。

"我有几个朋友。"他说完,停顿下来,以便我能理解他的意思。我恭谨地把目光转向他的话。

"他们是非常重要的朋友,都是重要人物。我们成立了一个学会。你懂英国的反诽谤法吗?亲爱的塔尔博特小姐,这些法律可是很详细、很严苛的。例如,不得败坏一位淑女的荣誉,不是指因为对方是淑女而故意这么做。讲述真实的生活经历,自然会涉及仍然在世的人,真的很难做到这一点。你知道我们做了什么吗? 就是我们这些生活得风生水起的人——我的意思是,我们过着不平凡的一生。你知道我们在为子孙后代记录真相吗?"

我说我不知道。

"我们成立了一个自传学会。我们已经开始写各自的回忆录,都是真实的,全部是真实的,只记录真相。我们把这些回忆录放在一个安全的所在,等七十年之后,回忆录里提到的人都不在人世的时候,再解封。"他指着那个漂亮的柜子说。些许阳光透过折叠的棉布窗帘,照在柜子上。我很想去公园走走,趁着昆丁爵士暴露出其他东西之前,细想一下他的性格。

"此类文件应该放在银行里保管。"我说道。

"是的,"昆丁爵士不耐烦地说,"你说得对。我们的传记式回忆录最终有可能放到那里去。但那是将来的事。现在,我不得不说,我的朋友们多数都不擅长文学写作;而我,在这方面有些天赋,承担了这方面的工作。当然,他们都是非常杰出的人,无论男女,有丰富的生活经历,非常丰富。那些天翻地覆的日子和战后生活啊,让人难以抱有期望。呃,问题是,我在帮他们写回忆录,他们没有时间。我们组织友好的见面会、聚会、集体活动等。待我们的组织更成熟一些,我们会到我位于诺森伯兰的家里集中。"

这就是他说的话,我喜欢听。在穿过公园走回家的路上,我一直在回味。我已经把它们记下来了。

一开始,我以为昆丁爵士在利用回忆录生意赚钱。当时,他所谓的学会一共有十个人。他给了我一份长长的名单,附有每个人的个人信息,事实上,这些精挑细选的信息,倒让我更了解昆丁爵士,而不是那些人。记得看到如下内容的时候,我惊喜不已:

少将乔治·C.比弗利爵士,准男爵,大英帝国司令勋衔获得者,金十字英勇勋章获得者,曾经在英国近卫骑兵"王牌"军团服役,现在本城和欧洲大陆做生意,非常成功的生意人。少将乔治爵士是这位迷人的、非常迷人的女主人伯尼斯·"巴克斯"·吉尔伯特夫人的表亲,伯尼斯·"巴克斯"·吉尔伯特夫人是前驻萨尔瓦多临时代办阿尔弗雷德·吉尔伯特爵士的遗孀,阿尔弗雷德爵士是圣米迦勒与圣乔治爵士勋章获得者,大英帝国司令勋衔获得者(1919),他的画像由著名的杰出肖像画家、大英帝国爵级司令勋章获得者阿米斯·鲍德温爵士画就,现挂在贝德福德郡的兰德斯庄园富丽堂皇的北餐厅里,此庄园是阿尔弗雷德爵士母亲娘家的房产,他母亲就是已故的无与伦比的玛丽-露易丝·托里-吉尔伯爵夫人,她是阿尔巴尼亚国王陛下佐格的朋友,也是维尔克斯夫人的朋友,维尔克斯夫人当时在圣彼得堡初入社交界,她也是本文作者昆某的朋友,在嫁给英国军官维尔克斯上尉之前,她是已故沙皇宫廷里的骠马队长的女儿。

我觉得这也是一类诗。一瞬间,我把这位大我三十五岁的长者昆丁爵士看作一个一脸严肃的婴儿,专心地搭建一座带护城河和塔楼的木头玩具城堡。我在想这件艺术品,即对少将乔治·C. 比弗利和他后面那一长串人物的呈现,就像一颗晶体微粒,例如硫黄的微粒,放大六十倍,拍成彩色照片,看起来俨然是一只精致的蝴蝶,或者一朵带着异域魅力的海葵。从昆丁爵士名单里的第一条,我想到了无数创作手法与他类似的艺术作品,那一刻,我意识到,他在这件事上面已有不少虔诚的付出。

"你应该好好看看这个名单。"昆丁爵士说。

电话铃响了,与此同时,书房的门被猛地推开。昆丁爵士拿起听筒说了声"你好",两眼却警觉地盯着门口。

一个高个子、瘦削、年纪非常大的女人踉跄着走了进来。她看上去闪闪发亮,主要是因为她黑色裙子上挂着的好几串珍珠和闪着银光的头发。她两眼深深地陷入眼窝中,但目光放肆。此时,昆丁爵士正焦躁不安地接电话:"哦,克洛蒂尔德,亲爱的,我很愿意效劳——请稍等,克洛蒂尔德,我这儿有点麻烦……"上了年纪的女人还在往前走,脸上的妆容都开裂了,猩红的嘴唇裂开笑了。"这女孩是谁?"她问道,指的是我。

昆丁用手捂着电话听筒。"拜托,"他压低声音生气地说,另一只手拼命扇动,"我在接克洛蒂尔德·杜·卢瓦雷男爵夫人的电话呢!"

老妇人尖叫了一声。我想她是在大笑,但很难判断。"我知道她是谁,你以为我老糊涂了,是不是?"她转向我说:"他把我当老糊涂。"我看到了她的手指甲,很长,指端像鹰爪一样弯曲,上面涂着深红色指甲油。"我才不是老糊涂呢!"她说。

"妈!"老昆丁爵士叫道。

"他真是个势利小人!"他母亲大声嚷道。

这时,贝丽尔·提姆斯来了,神色严肃地想方设法把老太太弄走。贝丽尔走的时候,怒气冲冲地看了我一眼。昆丁爵士继续接电话,在电话里不停地道歉。

他的确非常势利。但在某种意义上,对我这类人而言,他还是太民主了。他真的认为,尽管天赋不是平均分配给每个人的,但可以通过后天获得一个称号,或者继承一个爵位来弥补。此外,他认为回忆录可以由多个人代写,也可以编造。我怀疑,他真的相信,他每天端在手里优雅地用于品茶的韦奇伍德瓷杯之所以贵重,不是因为韦奇伍德一家的劳动,而是因为社会对韦奇伍德一家的认可。

第一周快完的时候,我得以接触昆丁爵士书房里锁在柜子里的秘密。里面装了十份未完成的手稿,都是自传学会会员的作品。

昆丁爵士说:"这些作品一旦完成,不仅对未来的历史学家有参考价值,同时也会引起极大轰动。你需要做的事并不难,修改文章形式、句法、风格、人物塑造、创新、地方特色、描述、对话、结构中的疏漏及其他小问题。你必须在确保绝密的前提下把它们打出来。如果你的表现令人满意,你以后可能有机会参加我们的讨论并做记录。"

他的老母亲只要能从贝丽尔·提姆斯那里脱身就会在他的书房进进出出。我盼着她来,她就真的来了,挥舞着红色的手爪,声音沙哑地喊着昆丁爵士是个势利眼。

一开始,我很怀疑昆丁爵士本人是个假造身份的骗子。结果,他的所有说法都是真的,他上过伊顿公学和剑桥大学三一学院;他是三个俱乐部的会员,我只记得其中两个——怀特和巴斯;并且,他还是位准男爵,他有趣的母亲是伯爵之女。我如此向自己解释他势利的原因:他决心利用这些个人信息赚一笔。我的猜测部分正确。第一周我就想到,他可以用柜子里锁着的秘密进行敲诈。很久之后我才发现,这正是他在做的,只是,并非为了钱。

六点,回家的路上,已是仲秋时节的金色黄昏。我一般步行到牛津街,搭公共汽车到海德公园的演讲角,再穿过公园到皇后门。这份工作的怪异之处让我着迷。我没有做笔记,但多数晚上我都在写小说,白天的见闻经过重新组合,形成了我在《沃伦德·蔡斯》里塑造的两个女性人物:夏洛特和普鲁登丝。夏洛特并不是完全按照贝丽尔·提姆斯塑造的,她们相差太远啦!我笔下年长的普鲁登丝也不是昆丁爵士妈妈的翻版。我依靠直觉进行人物塑造,综合了我和别人打交道的全部经历及潜在的自我。一直就是这样。有时候,小说已经写完并出版后的某个时刻,我才见到我在小说中创作的人物。至于沃伦德·蔡斯这个人物,在遇到昆丁爵士之前很久,我就已经规划好并确定了这个人物形象。

现在我的自传已经写到了这一部分,我清楚地记得我写《沃伦德·蔡斯》的那些日子,想都没想过能不能发表,只是怀着一股写作的冲动写啊写。记得有天傍晚,我穿过公园往回走,努力构思我的小说,把贝丽尔·提姆斯当作一个人物原型,我在路中间站住了。旁边和我一样刚下班的人穿梭不停。我将把提姆斯太太作为原型的构思完全抛在了脑后。我站在原地,身旁人来人往,有穿着深色西装的年轻小伙子,也有戴着帽子、穿着剪裁合体的外套的姑娘们。一个清晰的念头出现在脑海里:"作为一位艺术家、一名女性,生活在二十世纪,感觉真好!"我是一名生活在二十世纪的女性,这一点毋庸置疑。我是一位艺术家,这是一种信念,是我不管在当时还是在今后都没有动摇过的坚定信念。因此,在1949年9月的那一天,我站在海德公园里的那条路上,一共有三个事实奇迹般地集中在我身上,而我继续往前走,心情愉快。

我经常琢磨贝丽尔·提姆斯这个人,心里把她这种女人归于"英伦玫瑰"①这一类。倒不是说她们真的美丽贤良如英伦玫瑰,远不是那么回事。但我感觉,她们把自己看作英伦玫瑰。这种人让我恶心,同时又让我着迷,这是我的想象力和求知需求使然。和我单独在一起的时候,她脸上的假笑,还有她的贪欲,让我的文学嗅觉变得敏锐,以至于为了怂恿她,我也对她假笑,为了便于观察她的反应,我甚至故意逗她。她曾经喜欢上了我的一枚胸针。那是我最好的胸针,椭圆形的象牙上面画着一幅小像,镶嵌在铜合金的相托里。这是一枚十八世纪的首饰,上面画的是位姑娘的头像,头发随意地披着。那天我将胸针别在前襟上,穿着相配的外套和裙子,这样的穿着在那个年代很得体,所以,贝丽尔·提姆斯喜欢上了我的

---

① English Rose 通常指漂亮、优雅、贤淑的英国女孩。本小说中另有所指。

胸针。一大早,我和贝丽尔·提姆斯坐在厨房里喝咖啡;我讨厌她。她假惺惺地对我心爱的胸针评头论足。我恨死她了,为了消气,我取下胸针送给了她。她两眼放光,长着厚嘴唇的大嘴不停开合,这让我得到了满足。

"你真的送给我啦?"她叫道。

"当然是真的。"

"你不喜欢它了吗?"

"不,我喜欢。"

她问:"那你为什么不要了呢?"她那种令人生厌的多疑,只有一直被虐待的人才有。她把胸针别在裙子上。我猜,提姆斯先生大概没给她好日子过。我说:"你留着吧,心安理得地留着。"我是真心的。我把咖啡杯拿到水槽,放在水龙头下面冲洗。贝丽尔·提姆斯拿着她的杯子跟了上来。"我的口红总是沾在杯沿上,"她说,"男人不喜欢我们把口红沾在杯沿上,不是吗?但他们喜欢我们涂口红。他们总说我的口红颜色好看。这叫英伦玫瑰色。"

她真的太像我情人糟糕的妻子了。接下来她还说:"男人喜欢看姑娘们戴点首饰。"

只有我们两个的时候,总是在谈论男人喜欢什么。上班第二个星期,她问我是否会结婚。

"不会。我写诗。我从事创作。结婚会有影响。"我不假思索,自然而然地脱口而出。这或许在她听来有些不可思议,只见她吃惊地看着我说:"你可以结婚生子,当然,在孩子们上床睡觉之后写诗。"我笑了笑。我不是个漂亮的女孩,但我知道,我笑的时候,脸会变成另一个样子,不知怎么回事,我让贝丽尔·提姆斯怒不可遏。

她吃惊的样子特别像我情人的妻子多迪,在另一个场合,我见过她这个表情。不得不说,多迪比贝丽尔·提姆斯受过更好的教育,但表情还是一模一样。因为我和她丈夫的恋情,她曾经找过我,我觉得很无聊。我对她说:"是的,多迪,我爱他。我对他的爱时断时续,他不干涉我写诗的时候我就爱他,就这样。事实上,我已经开始创作一部小说,这需要我集中精力做艺术创作,因为,你懂的,我从艺术的角度考虑一切问题。所以,我和莱斯利的关系可能会断多续少。"

没了失去男人的危机,多迪放下心来,但同时,她吓坏了,说我心态不正常,可我觉得再正常不过。

"你的大脑管住了你的心。"她害怕地说。我对她说，这么说挺蠢的。她明知这样很蠢，但危急时刻，她就只会说些陈词滥调。她是位道德家，指责我精神自傲。多迪说："自傲使人堕落。"实际上，如果说我自傲的话，其本质也和职业相关，我也没有办法，我没看出这怎么会导致堕落。多迪是个大块头女人，有一张甜美、年轻的脸，丰满的胸部和臀部以及粗壮的小腿。她是天主教徒，醉心于圣母玛利亚崇拜，为此，她没少做傻事，她经常在提到圣母玛利亚时露出假笑，这说明她其实并不傻。

但是，说完她要说的，多迪也就不再提了。我在她的洗手间里看到一瓶香水，名叫"英伦玫瑰"。这让我很不舒服，但同时也让我感到欣慰，它验证了我正在构思的一个人物。一生中，我从多迪那里学到了很多东西，她教我了解一些戒律，而我可以加以拒绝，这对我有所帮助。她从我这里学到的都是没用的东西。

然而，贝丽尔·提姆斯是位更典型的英伦玫瑰，更让人觉得恐怖。当时，相比多迪，我和她见面的次数更多。但是，直到几个星期之后，在自传学会的一次非正式聚会上，我才看清贝丽尔·提姆斯的全貌。我一直在打印学会会员的回忆录,并把它们修改成通顺的英语句子。在这之前,我已经见识了贝丽尔是如何对付昆丁爵士的:总是用挑衅的语气和他说话,但又没能像她希望的那样引起他的注意。贝丽尔不明白这是为什么,那时,她很傻。

"男人喜欢你跟他们较劲,"她对我说,"但有时候,昆丁爵士误解了我。而且我要照顾他妈妈,不是吗?"她主动挑起和昆丁爵士的冲突,目的在于唤起他的性趣,可是没有效果。只有高级官位和一连串的头衔才能让他的脸和身体兴奋得战栗。但是,他让贝丽尔心存幻想。此外,我还警觉地注意到贝丽尔和年迈的爱迪温娜夫人,即昆丁爵士的妈妈之间的关系。贝丽尔既是她的看守,也是她的陪护。

二

自传学会会员的回忆录第一章都没写完,但已经有了几个共同之处。一,怀旧;二,妄想;三,作者都不遗余力地博取他人好感。我想他们的处世之道大概是,无论做什么人,成什么事,想要什么,首先得好看才行。打印和读懂这些作品对我的精神是一种折磨,然后,我想到一个主意:巧妙地把它们弄得更糟糕。每个当事人都乐见这一结果。

10月4日,星期二,学会召集十名会员下午三点开会,我已经在这里工作五个星期了,还没有见过他们中的任何人,因为他们上个月的例会是星期六举行的。

那天早上,昆丁爵士说:"提姆斯太太,请你今天下午管好我妈妈。"贝丽尔·提姆斯听了,开始大吵大闹。

"你让我管好她,"贝丽尔说,"说起来容易,请问我怎么才能在端茶递水的同时管好她老人家?我要怎么查看她的阵尿?"最后这个词语是我为了解闷教给贝丽尔的,她跟我抱怨说老夫人又尿湿了地板。当时我没想到我的这个词会广为流传。

"她应该进养老院",贝丽尔对昆丁爵士说,"她需要私人护工",她继续发着牢骚。昆丁爵士看上去很烦恼但又被什么事打动的样子。"阵尿。"他说道,面无表情地看着侧墙,仿佛在品尝一种从未喝过的酒,准备大加称赞。

此刻,我已经喜欢上了爱迪温娜夫人,我觉得主要是因为她特别喜欢我。但我也喜欢她戏剧性地闯进来,频发惊人之语。看得出,她不像她在她儿子和贝丽尔面前表现的那样糊里糊涂,因为有时候,我和她单独在公寓里的时候,她可以语气非常自然地聊天。而且出于某种原因,她单独和我在一起的时候,会及时自己蹒跚着上厕所。所以,我想,她在昆丁爵士和贝丽尔面前的异样表现和疯狂举止说明她要么害怕他们,要么讨厌他们。总而言之,她不喜欢他们。

那天早上,开会之前,贝丽尔英伦玫瑰色的嘴唇冒出一句话:"今天下午我不能照顾您母亲,您另找别人吧。"

"哦,亲爱的,"昆丁爵士说,"哦,亲爱的。"

爱迪温娜夫人晃了进来,屋里更乱了。"你们以为我是老糊涂,是吗?芙蕾尔,亲爱的,你说我是不是老糊涂?"

"您当然不是。"我说。

"他们想让我闭嘴,我他妈才不会闭嘴呢。"她说。

"妈妈!"昆丁爵士说。

"他们让我吃安眠药,好让我今天下午安静地待着。可笑!我才不会吃什么安眠药。这可是我的房子,我在自己的房子里想干吗就干吗,不行吗? 接受还是不接受,得我自己说了算,难道不是吗?"

我判断,这位老夫人很有钱。有一天,她跟我唠叨说,她儿子让她想办法规避遗产税,把财产转交给他,但她并没有多少财产,而且无论如何,她绝对不当李尔王后①。我没怎么接她的话,宁愿把话题转向更清新有趣的事情,例如那位不存在的李尔王后,她的天性和性格是怎样的呢? 如果她儿子和贝丽尔·提姆斯不激怒她,爱迪温娜夫人一点问题都没有。她面貌怪异,但我喜欢。我喜欢看她颤抖、干枯、留着长指甲的手指着对方骂,我喜欢她那四颗发绿的牙齿,她透过这些牙齿发出咻咻、嘎嘎的声音。她疯狂的眼神,战前的黑色蕾丝茶袍,宽松的花色丝绸衣服上闪闪发亮的珠子,这些都给我的工作增添了不少色彩。如今,她站在昆丁爵士和提姆斯太太面前要维权,我很想知道这是从什么时候开始的。这种状态应该有几年了吧? 贝丽尔·提姆斯冷冷地盯着爱迪温

---

① 《李尔王》(King Lear)是莎士比亚四大悲剧之一,剧中人物李尔王因财产分配不当引发一连串不幸。爱迪温娜夫人称自己不做李尔王后,似乎暗示她有大笔遗产。

娜夫人脚下的地毯,毫无疑问,等着又一场阵尿。昆丁昂头坐着,双目紧闭,指尖相对,仿佛在专心做祷告。

我说:"爱迪温娜夫人,如果您愿意今天下午休息一下,事情完了之后,您可以去我家吃晚饭。"

她愉快地答应了我的交换条件。其他人也接受这个做法,一阵叽叽喳喳:带她打个车,我愿意出钱,预定个六点钟的的士吧,不用,不需要提前定,我很高兴接受你的好意,亲爱的塔尔博特小姐,这个主意太好了,真有创意。的士……妈妈,我们可以打车来接您回家,塔尔博特小姐,非常感谢你!妈妈,午饭后您回房间睡觉去。

爱迪温娜夫人晃出了书房,打电话约了理发师,有名女学徒总是应约来为她做头发。我记得昆丁爵士和贝丽尔·提姆斯一直在说些感谢的话。他们完全没想到,我可能很乐意和我备受欺凌的新朋友度过一晚,她让他们觉得尴尬,但我不会。我想了下,看有什么可以当晚饭:鲱鱼子罐头涂面包,还有速溶咖啡和牛奶。以爱迪温娜夫人的年纪,这已经是很好的晚餐了,对我来说也是如此。鲱鱼子罐头和咖啡可是我的小小珍藏,当时,食物可是严格配给的。

两点半,她已经上床休息了,上床之前,探头进来告诉我,她决定穿她那套鸽灰色裙子,上装上面有钉珠的那件,这是故意和提姆斯太太对着干,她曾建议她穿件旧裙子配套头毛衣,说这样穿和我的单间出租屋很搭。我对她说,这样穿很好,记得穿暖和点。

"我有一件栗鼠皮草,"她说,"被提姆斯盯上了,我把它送给了科沁救济院,好让他们卖了钱救济穷人。我死了之后,提姆斯会记挂着这东西。如果她能比我活得久一点。哈哈!谁能说得准呢?"

受邀参会的十位会员中,只有六位能出席。

那天下午很忙。我坐在会议室一角的打字机前,那六个人陆续到了。

我可能对他们期望太高。我写《沃伦德·蔡斯》已经好几年了,已经习惯先在脑海里构思一个小说人物,再慢慢补充故事。可是,对于昆丁爵士的这些客人,我先了解了他们的故事,才见到真人。他们进来的时候,我马上感觉到他们很压抑。我已经读过昆丁爵士精彩的"名录",还读了他们蹩脚的回忆录的第一章。在把它们打成铅字并大力加以润色的过程中,我已经把它们看作我自己依据昆丁爵士的蓝本创作出来的作品。他给这些人设定的形象是卓尔不群,甚至世间少有。那个10月的下午,风平浪静,阳光明媚,他们带着明显的惶恐来到了会议室。

昆丁爵士在屋里风风火火地跑来跑去,请他们在椅子上坐下来,咯咯地笑着,不时把我介绍给他们。"埃里克爵士,这是我新来的秘书,可以说是非常可靠的塔尔博特小姐,好像跟您夫人家族显赫的那一支没有亲缘关系。"

埃里克爵士个子矮小,性格腼腆。他轮流跟一圈人握手,样子鬼鬼祟祟的。我猜对了,他就是埃里克·芬得利爵士,大英帝国爵级司令勋章获得者,一位制糖的商人,和别人一样,他的回忆录才写到第一章:育儿室时光。主要人物是保姆。为了增加趣味性,我让保姆和男管家趁他父母不在时骑在木马上面,把小埃里克锁在餐具室洗银餐具。

在这个初期阶段,昆丁爵士的安排是,先把一整套润色、打印好的回忆录发到十位会员手里,这样,六位出席的和四位缺席的都已经读过他们自己的和其他人的打印稿。昆丁爵士一开始认为我添加的内容太多了。亲爱的塔尔博特小姐,你不觉得有点太过了吗?一觉醒来,他觉得我那么做有些道理,将来可能对他有利。第二天早上,他说:"好吧,塔尔博特小姐,我们试试你修改的版本,毕竟我们生活在现代社会。"我判断,他想诱导我在回忆录中加入更不堪的内容,但是,我只想把无聊的工作变得有趣一点,同时,激起我的想象力,以便创作《沃伦德·蔡斯》,绝不写超出这一范围的内容。所以,他的目的和我的大相径庭,但同时也有一致的地方,他有如何利用我的详细计划,我正在全速为他工作:那个年代还没有复印机。

开会的时候,我密切注意那六名会员。事实上我并没有用眼睛端详他们,也就是说,我总是喜欢用眼角的余光来观察。除了矮小的埃里克·芬得利爵士,到会的还有绰号叫巴克斯的伯尼斯·吉尔伯特夫人、克洛蒂尔德·杜·卢瓦雷男爵夫人、维尔克斯夫人、梅茜·杨小姐和未穿教袍的埃格伯特·德莱尼神父——神父的回忆录喋喋不休地解释,他失去教袍不是因为道德问题,而是因为失去了信仰。

伯尼斯·吉尔伯特夫人脚步轻盈地走进来,一瞬间,就成了众人的焦点。"巴克斯!"昆丁爵士招呼道,上前拥抱了她。她声音沙哑地称呼他"昆丁"。她四十岁上下,一身新衣,盛装打扮。有钱买衣服的人都买了很多,因为几个月前,服装类才下了统一配给物品清单。巴克斯打扮得很漂亮,穿着新风貌牌上衣,戴着带面纱的圆顶小礼帽,外罩羊腿袖大衣,配飘逸的长裙,上下一身黑色。她在我旁边的椅子上坐下,身上的香水味很浓。我无论如何也不可能把眼前这个人和她写的回忆录第一章联系在一起。她写的故事和别人的不同,语句还算通顺,起码知道怎样把一个一个的句子连缀成文。故事的开头写的是,二十岁的她独自一人坐在教堂里。

就在这时,有人叫我去跟梅茜·杨小姐握手。她是位身材高挑的漂亮姑娘,三十岁上下,拄着拐杖,她的一条腿上装了一个支架,这个东西看上去像是要伴她终生,并不会随着一次事故的过去而过去。我对梅茜·杨生出怜惜之情。我真不知道她来这闹哄哄的地方干什么;此外,我很吃惊,那样的回忆录开头竟然是她写的,论述宇宙以及存在即生成,完全不知所云。

"梅茜,我亲爱的梅茜,我可以请你坐在这里吗?还舒服吧？我亲爱的克洛蒂尔德！我最最敬爱的埃格伯特神父，您坐得舒服吗？让我来帮您拿披肩，克洛蒂尔德。提姆斯太太——提姆斯太太到哪儿去了？——塔尔博特小姐，能不能请你，麻烦你帮克洛蒂尔德男爵夫人拿着……"

我拿着克洛蒂尔德男爵夫人的貂皮披肩走到门口，交给了门外正滔滔不绝的提姆斯太太。她的回忆录写的是发生在第戎附近一幢漂亮的法式别墅里的事，不幸的是，好像周围的人都在阴谋欺骗年仅十八岁的男爵夫人。当我有空想起这件事的时候，有些事一时难以理解，克洛蒂尔德在自传里说她1936年十八岁，现在是1949年，她却已经有五十多岁了。接着说埃格伯特神父，他穿着威尔士亲王格子夹克，着灰色法兰绒裤子。他的脸好像用黑色鹅卵石做眼睛、鼻子和嘴巴的雪人。他的自传是这样开头的："我诚惶诚恐地拿起笔。"他正和维尔克斯夫人握手。维尔克斯夫人是位健壮、快乐的女士，五十五岁左右，穿着浅紫色衣服，戴着很多条纱质围巾，脸上浓妆艳抹。因为她是在俄罗斯沙皇的宫廷里长大的，她的回忆录应该很有意思，但是，目前看来，她只是在枯燥地讲述她三个姐妹的极端丑恶之处和皇宫里的各种不快,在那里,四个女孩子住在一间卧室里。

除了伯尼斯·吉尔伯特,其他人的传记都存在语句不通的问题。我在等他们于一阵喋喋不休和大呼小叫之后,讲讲他们对我的修改有什么看法。

提姆斯夫人进会议室有点事,顺便告诉我,爱迪温娜夫人睡得正香。

在我看来,这真是一场盛会。前二十分钟,与会者相互介绍,伴随着各种惊叫;埃格伯特神父和埃里克爵士显然认识那四位缺席者,花了不少时间谈论他们。接着,昆丁爵士说:"女生们,先生们,请安静!"大家都不说话了,只有梅茜·杨决心要对我讲完她关于宇宙的高见。她坐在那里,装着铁支架的瘸腿伸在前面,这个样子的确给了她某种权利,可以比别人讲得久一点。她的手提包有个软带子提手,我注意到,她把提手的带子抓在手里的样子仿佛握着缰绳。后来,我了解到,梅茜的腿是在骑马的时候伤的,我一点都不奇怪。

屋里的其他人都安静下来了,只有梅茜·杨还在不管不顾地讲话,她声称:"有一些宇宙现象不是人类能够了解的。"我丝毫不关注这类愚蠢的观点,但她说的话清楚地在我的脑海里回荡。她表达过很多荒谬的观点,大致意思是,写自传就必须立足于对来世的终极关怀,而不要在现实生活上浪费时间。我完全不同意她的观点,但我比较喜欢这位梅茜·杨,特别是当全屋的人都被要求噤声的时候,她还自顾自地继续说下去,坚称生活中有些事是不能加以探究的,而与此同时,她的自传一开始就在探讨这些事情。矛盾性正是人的性格中最一致的地方之一,所以,我认为梅茜是个真性情的人。因为我的人生故事既由事件构成,也由我的写作秘诀所打造,我可以在这里说,要想让人物性格显得真实,它必然在某些方面是矛盾的,某些地方是相悖的。我已经发现昆丁爵士那十个证人的自我描述在哪里出错,在哪里显得生硬和虚假,在有些地方,他们尽力维持不变和稳定,他们希望自己有这样的品质,实际上却没有。我只能给他们打打补丁,使他们的传记好看一点,而不是让每个人物都有始终如一的性格。

昆丁爵士对自己的顾客总是很礼貌,他只是微笑着坐在那里。梅茜最后强调说:"有些宇宙现象,人类是不能去探究的。"

贝丽尔·提姆斯冲进来,她有事要办,但又不是必办之事。好像没人把她当女人看,她也坚定地处处表现得像个男人。一阵叮当作响之后,她自然引起了大家的注意,我都忘记她进来干吗了。

她走后,昆丁爵士想接着介绍来宾,但不得不暂停。埃里克·芬得利爵士开口讲话。很明显,他好不容易才鼓起勇气这么做。

"我说,昆丁,"他说,"我的回忆录被人篡改了。"

"哦,亲爱的,"昆丁爵士说,"我希望这没有毁了您的作品。如有什么不满意的地方,我让他们删掉就是了。"

"我没说我不满意,"埃里克爵士边说边紧张地环顾四周,"其实,您做了一些很有意思的修改。真的,我想知道,您是怎么猜到管家把我锁在餐具室洗刷银餐具的,确实有这么回事,他真那么做了。关于保姆骑在木马上,呃,保姆是很虔诚的信徒,和男管家一起骑在我的木马上,这个,您懂的。保姆可做不出来这样的事情。"

"您确定吗?"昆丁不好意思地指着他说,"当时您被锁在餐具室,又怎么知道他们没做什么? 在您改过的回忆录里,您是从马夫那里听说他们胡闹的事情的。但是,如果在现实中……"

"我的木马只是小小的一个,"大英帝国爵级司令勋章获得者埃里克·芬得利爵士说,"而保姆和管家都坐上去是不大可能的,尽管保姆并不胖,管家虽瘦但很强壮。"

"我可以说下看法吗?"维尔克斯夫人说,"我认为埃里克爵士的传记可读性很强。如果不写那位邪恶的保姆和卑鄙的男管家骑在小埃里克爵士的木马上,那太遗憾了。还有马夫弯腰告诉小埃里克爵士他看到的事情时头油散发出来的味道,我特别喜欢这种十足的现实主义风格。我们从中了解到很多关于埃里克爵士这个人的方方面面。心理学太奇妙了,简直包罗万象。"

"我的保姆实际上并不邪恶,"埃里克爵士小声说,"事实上——"

"哦,她非常邪恶。"维尔克斯夫人说。

"我同意,"昆丁爵士说,"她就是个居心叵测的坏人。"

伯尼斯·"巴克斯"·吉尔伯特夫人喘着粗气说:"我建议你不要动昆丁修改过的回忆录。在这种事情上面,我们一定要客观。我觉得比我的第一章要好得多。"

"让我再想想吧。"埃里克弱弱地说。

"巴克斯,您的回忆录呢?"昆丁爵士着急地说,"现在这样您还满意吧?"

"满意,也不满意,昆丁,漏掉了一些东西。"

"可以改,我亲爱的巴克斯,漏掉了什么?"

"我不知道①,昆丁。"

"可是,"克洛蒂尔德·杜·卢瓦雷男爵夫人说,"你知道的,巴克斯,我认为你的回忆录写的就是你本人。亲爱的,幕布升起时的那种气氛。空荡荡的教堂里,幕布为你升起。空无一人的教堂里萦绕着焚香的气味,而你,在你需要的时刻向圣母祷告。我太感动啦,巴克斯,真的。接着,德莱尼神父把手放在你的肩上——"

"我没在场,那不是我。"埃格伯特·德莱尼神父发话了,"有个错误需要纠正。"他用圆圆的小眼睛看了看昆丁爵士,又看了看我,肥厚的双手紧扣在一起,又从我身上把目光转向昆丁爵士。"我必须实事求是地说,我不是

---

① 原文为法语。

伯尼斯夫人传记开头写的那位德莱尼神父。事实上,当时我还只是罗马贝达学院的一名学生。"

"我亲爱的神父,"昆丁爵士说,"我们不用太较真。有个东西叫艺术的简练。但是,如果您反对您的名字——"

"我诚惶诚恐地拿起笔。"德莱尼神父表示,他面带恐惧地看了看女人们,包括我,又惶恐地看了看男人们。

"牧师的名字并不是我起的,"巴克斯说,"我并没有说这场对话都发生在教堂里,我只是——"

"哦,但是这样写有种温情脉脉的效果,"维尔克斯夫人说,"我的回忆录就没有这么感人,真希望能够如此。我的回忆录——"

这时,爱迪温娜夫人摇摇晃晃走进了房间。

"妈妈!"昆丁爵士叫道。

我跳起来,拉过一把椅子给她坐。每个人都跳起来要帮忙。昆丁爵士挥着手,求她回屋休息,大声喊道:"提姆斯太太到哪儿去了?"他显然以为他母亲要大闹一场,我也是这么想的。但是,爱迪温娜夫人并没有闹。她接管了会议,仿佛在客厅里开起了茶会,她以高龄和新近显露的魅力相要挟,"劫持"了会议。我很欣赏她的表演。

她知道有些人的名字,热情地问候他们的家人,他们大多已不在人世,可那又有什么关系呢?提姆斯太太用盘子端着茶和苏打面包进来时,她惊叫:"啊,提姆斯!你给我们拿什么好吃的来啦?"看到她坐在那里,贝丽尔·提姆斯吃了一惊。她十分精神,脸上搽了粉,黑色缎子茶袍的领子和肩部都蹭上了粉。提姆斯太太怒不可遏,但她马上挤出英伦玫瑰的假笑,小心翼翼地把盘子放在老爱迪温娜旁边的桌子上,老人家此刻正在询问未穿教袍的德莱尼神父:"您是便装出行的旺兹沃思的教区牧师吗?"

"爱迪温娜夫人,您该休息了,"提姆斯太太哄她说,"来吧,跟我来。"

"亲爱的,不,哦,不是那样的。"埃格伯特神父说,他坐直了身子,把他威尔士亲王的夹克捋了捋,"我不处于任何信仰的宗教阶级中。"

"有趣,我看你有点像牧师。"爱迪温娜说。

"妈妈!"昆丁爵士叫道。

"走吧,"提姆斯太太说,"这是很严肃的会议,是商务活动,昆丁爵士——"

"你想喝什么茶?"爱迪温娜问梅茜·杨,"淡茶还是浓茶?"

"不浓不淡的吧!"杨小姐说,她从皮帽子下面看着旁边的我,好像在寻求鼓励。

"妈妈!"昆丁叫道。

"你的腿怎么弄伤啦?"爱迪温娜夫人对梅茜·杨说。

"一次事故。"杨小姐轻声说。

"爱迪温娜夫人,怎么可以这么问……"提姆斯太太说。

"不要抓着我的胳臂,提姆斯。"爱迪温娜说。

爱迪温娜给大家倒了茶,向克洛蒂尔德男爵夫人打听怎样收藏貂皮披肩才没有樟脑味儿,我帮昆丁爵士给大家递了茶,然后,她说:"好吧,我得睡午觉了。"她甩开了贝丽尔·提姆斯的手,让埃里克爵士扶她站起来。她走后,提姆斯也跟出去了。每个人都发出惊呼:太迷人啦!这个年龄还保养得这么好!好一个了不起的老太太!他们边吃苏打面包边说着这些,茶匙碰到瓷器,发出叮叮当当的响声。这时,爱迪温娜夫人又把门打开,探进头来说:"我喜欢做礼拜,但讨厌赞美诗演唱。"说完,她又退了出去。

贝丽尔·提姆斯装模作样地走进来收拾茶具,经过我身边的时候,她压低声音说:"她上床睡了。竟然叫我'提姆斯',太没礼貌了。"

我坐在打字员的桌子前面做记录,他们讨论那些回忆录直到六点整,我下班的时间已过了半个小时。

"当我写到我的战争经历,"埃里克说,"那将是我的人生巅峰。"

"我在战争期间失去了信仰,"埃格伯特神父说,"对我来说,那也是我的人生巅峰。我在和我的上帝的搏斗中度过漫漫长夜。"

维尔克斯夫人说,不是每个女人都像她一样见证过俄国革命的暴戾并活了下来。"这种经历让人获得一种不一样的幽默感。"她解释说,但什么也没解释清楚。

我在角落里的桌子旁做记录。我记得,克洛蒂尔德男爵夫人走之前对我说:"你把所有相关的都记下来了吗?"

梅茜·杨拄着拐杖,一只手像抓缰绳一样抓着手提包的提手。她问我:"我在哪儿能找到埃格伯特·德莱尼神父推荐给我的那本书?是一本自传。"

她和神父一直在私下交谈,远离众人的喧嚷。我转向德莱尼神父,握着铅笔在笔记本上等着,望他赐教。"《生命之歌》,"他说,"作者约翰·亨利·纽曼。"

"在哪儿能弄到这本书呢?"杨小姐问。

我承诺去公共图书馆帮她借一本。

"写自传就得有个最好的样板,对吧?"她说。

我向她保证,《生命之歌》是最好的自传之一。

埃格伯特神父低声嘟囔了一句,但我俩都听到了:"唉!"

六点一刻他们才走。我去接爱迪温娜夫人,带她去我家,共进晚餐。

"她睡得真熟,"贝丽尔·提姆斯说,"无论如何,她没有信守诺言,你干吗还要管她?"昆丁爵士站在一旁听着。贝丽尔·提姆斯央求他说:"我们干吗还要付的士费,还要惹那么多麻烦? 她去会场捣乱来着。"

"哦,可是每个人都很开心啊。"我说。

昆丁爵士说:"就我个人而言,真是糟透了[①]! 谁也

---

① 原文为法语。

不知道我妈她会说出什么话,干出什么事来。这不能怪我。真是糟透了——"

"让她继续睡觉吧。"贝丽尔·提姆斯说。

我离开的时候,昆丁爵士对我说:"我们之间有个君子协定,你和我,不得讨论和泄露学会内部的任何事情,是吧?这些是绝密。"

无论君子一词的意义如何延伸,我也算不上君子,于是高兴地同意了。我很欣赏耶稣会式诡辩术。但那一刻,我只在想会议上发生的事情,内心充满喜悦。

我七点多才到家。刚走进门厅我就发现房东亚历山大先生在楼下等我。"有位老人家在等你。我让她进了你的房间,因为她需要坐下来。她需要方便,我同意她使用你的厕所。厕所的地板被她尿湿了。"

我看见爱迪温娜夫人就在我房间里,身上裹着她的栗鼠毛长披肩。她坐在我的柳条椅上,一边是装橘子的盒子,里面装着食品,另一边是个书架。她自豪地两眼放光。"我逃脱了,"她说,"我把他们彻底打败了。到处都找不到出租车,我搭了一个美国人的便车。你的书——真不少。你都读过吗?"

我想给昆丁爵士打个电话,告诉他,他母亲在我这里。我房间里有部电话,和楼下的总机相连。电话没人接,这也是司空见惯的事,于是我接着拨号。红脸的男仆冲进屋来,冲我喊叫,让我不要再拨了。他薪水不高,脾气很爆,和妻儿住在那个地方。显然,总机正在维修,有个人正在加班做这件事。"总机稀巴烂啦!"男仆吼道。我喜欢这个词语,在一片慌乱中,我把它记下来以便以后使用,这是我的习惯。

"爱迪温娜夫人,"我说,"他们知道您在哪儿吗?电话打不通。"

"他们永远也不会知道我出来了,"她说,"他们只知道我吃了安眠药,上床睡了,但我把安眠药丢进了厕所。你叫我爱迪温娜吧,注意,我可不允许贝丽尔·提姆斯这么叫我。"

我取出杯盘碗盏开始准备晚饭。我把老太太的脚放在三大册全本《牛津英语词典》上面。她看上去有王者风范,很舒坦的样子;她的膀胱也还好,只让我扶她上了一次厕所;她吃着鲱鱼子酱,乐得咯咯笑,还说和鲟鱼子酱

"是一样的东西,只是鱼的种类不一样罢了"。

"你的工作室很像巴黎,"她说,"我认识的艺术家……"她若有所思:"艺术家和作家,他们已经功成名就,当然,你也会……"

我赶紧告诉她,这是不可能的。从是否成功这个角度看我自己,我感到害怕,这会让我觉得我的大量作品没什么价值,其中,只有八首诗得以发表,可几乎没什么反响。

我找到一首未发表的诗,我对它抱有很高的期望,尽管一年里,它已经被八次退稿,被装在我自己贴了邮票、写好地址的信封里,随着早上准时到来的邮件,回到了老地方。可能是因为它的颠沛流离,我对它格外有感情。老太太抓着她的栗鼠毛披肩,长长的红指甲陷入银灰色的栗鼠毛中。这首诗的题目是《变形》:

> 海葵身上的痛,
> 带着对变形的恐惧,固执地
> 渴望着一种更困难的呼吸,永无休止地将
> 花朵化为动物。

我正在读这首诗的第一节,我的男朋友莱斯利用我给他的另一把钥匙开门进来了。他高个子,驼背,一绺金发耷在一只眼睛上,有一张清爽年轻的脸。我为他感到骄傲。

我介绍完了,爱迪温娜说:"你好吗?"她跟我说过,因为她记不住名字和脸,所以打招呼的时候总是说"你好吗",怕万一以前见过面。

"我挺好,谢谢!"莱斯利说,却没有向对方问好。他的不拘小节经常让我非常生气。我向他介绍爱迪温娜这个闪亮的精灵,她衰老,满脸皱纹,浓妆艳抹,裹着名贵的皮草,而他正心事重重,又很自我,不愿意放下自己的心事。

他脱下外套,坐在沙发床上,爱迪温娜和蔼地问:"你是做什么工作的,先生?"

"我是批评家。"莱斯利说。

我突然对莱斯利没有感觉了。这种情况越来越频繁地出现,导致最后不欢而散。莱斯利只是坐在那里接受问询,无法放下自我和他的心事,他年轻的脸和强健的身体与爱迪温娜古怪的狡黠、猩红色的指甲、热切闪烁的目光形成对比。我看到莱斯利外套口袋里有个酒瓶,显然是他带过来和我一起喝的。我把酒瓶拿出来,是走私的阿尔及利亚酒。

"你是乐评家吗?"爱迪温娜问莱斯利。

"不是,我是文学评论家。"他转向我,"实际上,你刚才读的那首诗——是什么来着,'渴望和呼吸'?"

我放下酒瓶,拿起我的诗。

"他们以为我脑子有问题,"爱迪温娜说,"但是我脑子好得很。哈!"

"这一句很不好。"莱斯利说。

我大声读出来:"渴望着一种更困难的呼吸……"我感觉莱斯利可能是对的,但是我问他:"怎么不好了?"

"那瓶子里装的是什么好东西?"爱迪温娜说。

莱斯利说:"太弱了,听起来不怎么样。"

我说:"爱迪温娜,是阿尔及利亚酒。我想请您喝一杯,但怕对您不好。"

"我来开。"莱斯利说,他像一家之主一样找来了开瓶器。莱斯利对我作品的态度是矛盾的,他常常喜欢我写的东西,但不喜欢我是已有作品出版的作家这个想法。

这导致我拒绝接受他大部分的批评意见。至于他是文学评论家,这倒是真的,他为一家名为《时代潮流》的期刊写书评,还为其他出版物写短评,但他的日常工作是在一家律师事务所做职员。

莱斯利打开了瓶盖,爱迪温娜向他保证,她可以喝一点阿尔及利亚酒。

有人敲门。是怒气冲冲的男仆,房东亚历山大先生站在他身后。

"有人拨打了亚历山大先生的私人号码,真是麻烦。"男仆说。亚历山大先生自己说:"公用电话坏了。你可以来我客厅接电话,你朋友说,有急事。但请告诉你的朋友,下次不要拨打这个号码。"我跟着他去他家客厅,一路上他还在交代这件事,他妻子留着泡泡头,黑发,伸着长腿坐在客厅里。

打电话的是昆丁爵士。"妈妈不见了,"他说,"我们——"

"她在我这里,我会送她回家。"

"哦,我们都急死了,我亲爱的塔尔博特小姐。我们怎么都联系不上你。提姆斯太太——"

"请不要再拨打这个号码,"我说,"有人不高兴了。"我挂了电话,开始给亚历山大夫妇道歉:"您看,有位老人家……"他们冷冷地看着我,好像我的声音就是一种冒犯。我迅速回到我的房间,看到莱斯利和爱迪温娜开心地一起喝酒。爱迪温娜的魅力开始在莱斯利身上生效了。他把我的诗读给她听,一句一句地抨击。

他同意送爱迪温娜回家。他出去打了个电话,找来一辆的士,一直开到家门口。

"等下我直接回家了,"他对我说,她拉着他的手臂摇摇晃晃地出去了,"今晚我得早点睡觉。"

"我也是,"我说,"我有很多事情要想清楚。"

爱迪温娜说:"他嫉妒你,芙蕾尔。"不过,我不太确定她想表达什么。

上车前,她问我:"你屋里挂的是德加的真迹吗?"

"他们是同一个流派。"我说。

莱斯利大笑,非常开心。我送走了他们,回到自己的房间。我记得我看着那张油画,上面画着两位女士,戴着棕色的硬边帽子,上面别着红色的羽毛装饰,赶着马车。我不明白:它怎么可能被当作德加的画呢? 这是一幅英国画,签名是 J. 海莱尔[①],1863。

我开始收拾屋子,准备睡觉,总体来说,今天过得很满意。这时,我听到有女人在我窗户下面的街上唱《友谊地久天长》。这是我和几位朋友的暗号,我可以在深夜放他们进屋,不至于招来不好说话的房主和雇工的抱怨。我吃惊地发现,路灯下面站着的是莱斯利的妻子、大块头的多迪,因为快午夜了,她从来没在这么晚的时候来找我。但愿她是来找她丈夫的。我想是不是出了什么事,她才来找我。"有什么事,多迪?"我说,"莱斯利不在这里。"

"我知道。他打电话说他要送一位老太太回家,是你的朋友,然后他要去苏荷参加什么文学社聚会,他不能不去。芙蕾尔,我要见你。"

我听到正上方有人打开窗户。我没有往上看。我知道是亚历山大家的某个人又要大惊小怪了。我只是说:"我给你开门,多迪。"楼上的窗户关上了。我下楼开门让多迪进来,她美丽的脸包在围巾里,身上有英伦玫瑰香水

---

① James Hayllar(1829—1920),英国肖像和风景画画家。

的味道。

我倒了一点阿尔及利亚酒。她开始哭。"莱斯利在利用我俩做掩护。他还有别人。"

"谁啊?"我说。

"我不认识。但我知道是一名年轻的诗人,一个男人。"多迪说,"说不出口的那种爱。"

"是同性恋。"我敢于直接说出这个名称,近乎往多迪的伤口撒盐了。

"你不感到吃惊吗?"她说。

"不怎么吃惊。"我倒想知道他哪来那么多时间在我们之间周旋。

"我简直目瞪口呆,"多迪说,"还很受伤。伤得很深。你理解不了我的苦。我正准备向法蒂玛圣母做九日经祷告。我知道你是他情妇的时候还没这么痛苦,芙蕾尔,因为——"

我打断了她的话,指出"情妇"这个词不适用于我和可怜的莱斯利之间的独立关系。

"你为什么说'可怜的莱斯利',为什么是'可怜的'?"

"因为他在生活中遇到了困难,应付不了。"

"好吧,他说你是他的情妇。他用的就是这个词。"

"他这是装腔作势呢,可怜的莱斯利。"

"我怎么办呢?"她说。

"你可以离开他,也可以继续跟他过。"

"我做不了决定。我很痛苦。我只是个凡人。"

我知道她迟早要说她只是个凡人。我感觉到,很快她就会反过来指责我不是人。瞬间,我有个想法。

"你可以写自传,"我说,"你可以加入自传学会,会员们把自己的生活经历写下来,保存七十年,这样就不会冒犯任何活着的人。你会觉得这是一种解脱。"

凌晨两点多钟我才上床。我记得白天发生的一切又出现在眼前,依然鲜活,无法解释。悲伤和希望手拉着手伴我进入梦乡。

三

在讲述 1949 年我生活中发生的和我所做的事情时,

我发现小说中的人物比现实中的人好对付多了。小说里，作者塑造人物，按方便的顺序来排列组合。如今我要写传记，不得不按实际情况来写，谁先出现就先写谁。人生如同一场非正式宴会，没有先来后到的规矩，没有殷勤款待，也没有请柬。

在一篇关于戏剧的论文里，有位知名人士认为，行动不只是指你一拳我一脚打来打去，当然，他的意思是对话和感觉也是行动。同理，我1949年的行动包括我在写的书，大部分夜晚和周六，我把最好的精力都投入了我的《沃伦德·蔡斯》。我和多迪为莱斯利争来争去，我劝她不要让莱斯利当爹，因为她第二天晚上回到我这里告诉我，她决心要这么做。这些是行动，我的《沃伦德·蔡斯》也是行动。有人来访的时候，我立刻把我的《沃伦德·蔡斯》藏起来，还要提防我上午去上班不在家的时候被清洁女工当垃圾清走。它浸染了我最可贵的心血和最难得的想象力，就像恋爱一样，比恋爱还要美好。从早到晚，我一直在忙自传学会的事务，我未完成的小说已经被人格化，成为我的秘密伙伴和同谋，无论我走到哪里、做什么，它都像影子一样跟着我。我不记笔记，只记在心里。

既然《沃伦德·蔡斯》的故事情节早就拟定了,那么它无论如何也不会受到自传学会事务的影响。然而,有趣的是,当时在我看来,情况简直是倒过来了。当时就是如此。现在回想起来,那怎么可能呢?可是,的确是倒过来了。在我处于几近癫狂的创作状态时,我眼前出现了昆丁爵士的形象,从一章到另一章,他逐步显出原形,呈现出一个极致的沃伦德·蔡斯——我小说的主人公。我看出,自传学会的会员会沦为他的牺牲品,他就是个摧残精神的"开膛手杰克"。

当然,我小说里的沃伦德·蔡斯在第一章结尾就死了,他的家人、侄子罗兰和母亲普鲁登丝正在等一位知名的大使、诗人和道德家的到来,有人宣布了造成大人物沃伦德·蔡斯死亡的车祸。你可能还记得,在他的死讯被证实之前,罗兰的妻子玛乔丽见到他已经面目全非的样子,她说:"噢!他必须动手术,就像余生都得戴着面具!"我的本意是让这句话听上去像受到惊吓而有些歇斯底里的人说出的空洞无助的话。但它泄露了他的死讯,事实上,还暗示他今生从此取下了面具,而不是戴上。他的"今生"在我的小说里指的是,普鲁登丝不顾全家人的反对,将沃伦德的书信和其他文件交给了美国学者普罗迪之后发生的事。我开始看清昆丁爵士的真实意图的时候,我小说里的那些文件已经到了普罗迪的手里。

你们知道,我已经开始怀疑昆丁爵士从事地下买卖,可能有敲诈的企图。但同时我不明白他敲诈的途径。一方面,他做这个项目不会赔钱。另一方面,他显然很富有,而从性格上可以看出,自传学会里那些可能的受害者曾经拥有较高的社会地位,但他们并没有太多的财富,不会招致粗暴的敲诈。他们中的有些人已经生活困难。

我从来信中了解到,那四位没有出席会议的会员正试图脱身,而我已经决定,只要我对昆丁爵士的动机产生的隐隐不安和疑虑变成某种事实,我就会直接走人。

四位试图退出的人中有一位是巴斯的药剂师,他推脱说工作很忙;人人爱戴、交际广泛的少将乔治·比弗利爵士写信说,他记忆力越来越差,想不起过去的事情;还有一位是萨默塞特郡的退休女校长,一开始来信解释说,很遗憾,网球俱乐部的事情很多,所以她没时间像之前期望的那样写回忆录,昆丁爵士努力挽留之后,她又解释说,她有关节炎,不能频繁使用打字机或者用笔写字;第四位要求退出的是我的一位朋友,就是她安排我面试这份工作的。现在我工作稳定了,重新思考后她决定不将自己的人生经历透露给昆丁爵士,因为会经过我的手。她在信中告诉昆丁爵士,她觉得她的回忆录很有意思,想写出来公开出版。她还为此事给我写了一封信,请求我从昆丁爵士那里把已经交上去的几页回忆录弄出来,寄还给她。我按她说的做了。我猜,我做的事大概被昆丁爵士知道了,因为他找过我朋友玛丽的三页回忆录,发现放回忆录的地方没有,却没有问我有没有动过。我随时准备告诉他,我给寄回去了。但他只是看着我笑笑说:"啊,很有趣,是吧?"

"我不知道,"我说,"我没读。"我是真的没读。

昆丁爵士多次写信给那些要求退出的人,好言好语劝他们回头,他们的回信更加坚定,甚至透出一丝害怕,最终,他们都退出了。巴斯的药剂师甚至让律师写信给昆丁爵士,坚决要求退出自传学会。我感觉让律师介入,反应过激了,实际上,只要不回复昆丁爵士的信,效果是一样的。

好吧,我发现继续留在昆丁爵士的自传学会里的人有一个共同点,那就是个性软弱。在我看来,如同身体虚弱,这没有什么值得鄙视的。我们都不是天生的英雄和运动健将。但是,害怕软弱是基本智慧,包括自己的软弱。软弱的反作用力,一旦被触发,可能很恐怖并且突如其来。总而言之,我认为昆丁爵士正铤而走险,他试图把这群软弱的人控制在自己手里,我现在还不清楚他的目的是什么。但是,我把这一切都告诉多迪之后才带她去了自传学会。我警告她,无论如何不能暴露自己,参加那些活动,尽量找个乐子就行了。我想用快乐给那些会议和作品注入活力,改变现状。目前的严肃和紧张与主题太不相称了。我的重中之重,《沃伦德·蔡斯》,无论主题多么阴暗,没人会说这是一部沉闷的小说。但我想,普通读者如果知道该小说阴暗的一面带给我的大麻烦,他们会非常吃惊的。这是我要讲的故事的一部分,也是我认为值得讲出来的原因。

多迪马上开始在自传学会交朋友。她轻松进入了那里的怀旧情绪中,感觉自己受到了迫害,十分渴望被爱。她真诚,无力置身事外,我很惊慌。我警告她,不停地警告她说,我怀疑昆丁爵士在图谋不轨。多迪说:"你为了个人目的才让我打入那伙人中做卧底吗?"

"是的。而且我以为你会从中获得乐趣。不要被拖入其中。那群人都是巨婴,越来越不可救药。"

"我会为你祷告,"多迪说,"让法蒂玛圣母保佑你。"

"那是你的法蒂玛圣母。"我说。尽管我信主,但我强烈感觉到多迪的宗教观念必然与我的不同。同理,多年之后,她突然宣布她已失去信仰,我反而如释重负,因为我一直感到不安,她的信仰如果是真的,那我的就是假的。

现在,她跟我一起回到我的住处,我们刚在昆丁爵士那里开完会。多迪说:"是你把我安插进去的。我要为你祷告。"

"为自传学会的会员祷告吧。"我说。

我不知道我为什么会把多迪当朋友,但事实就是如此。我相信她也把我当朋友,尽管她不喜欢我。在那个年代,跟我打交道的人中,朋友都是命里注定的。他们就像你的厚外套和少许行李。你不会因为你不太喜欢他们就把他们扔掉。1949年的知识分子圈边缘生活是一片孤立的天地,就像现在的东欧。

我们坐着谈论会议上的事。已经是11月底了。回家的路上,我和多迪一直争论不休,在公交车上、在食品店排队买东西的时候都没停,食品店里多迪想买的东西都卖完了,排队的人还在增加,我们排第十。到关门的时间了,围着棕色围裙的店主关上了门,咔嚓一声落下门闩,我们只能步伐沉重地离开。

自传学会让她忘了莱斯利。我俩已经有三个多星期没见着他了。我决定结束和他的恋人关系,这对我很容易,但我会想念他的脸和他的谈吐。我无所谓的态度让多迪很愤怒,她非常希望我爱上了莱斯利,却不能占有他,她觉得我作践了她的东西。

那天下午是我工作后第三次参加昆丁的自传作者会议。到目前为止,多迪还没有写出自己的传记供他人传阅。其实,她写过一篇很长的吐露心声的文章,内容涉及莱斯利、他的年轻诗人朋友以及她因此而遭受的痛苦。我把它撕掉了,严厉警告她不要泄露真实的生活。"为什么?"多迪说。

我没法告诉她为什么。我也不知道为什么。我告诉她,等我再多写几章小说《沃伦德·蔡斯》,我就能解释清楚为什么。

"这和你写小说有什么关系?"多迪辩解说。

"昆丁爵士家里到底在发生什么,我要得出结论,这是唯一的途径。我要靠自己的创造力搞清楚一切。多迪,你得跟着我的直觉走。我警告过你,不要暴露自己。"

"可是我喜欢他们。贝丽尔·提姆斯很可爱,昆丁爵士有点怪,但很让人安心,不是吗? 他很像我小时候上学的修道院里的一位牧师。不过,他的老母亲很可怕,我为他难过。他拥有真正的善……"

我和多迪坐在我房间里,我想从混乱中理清头绪。而多迪头脑很清醒,她在说服我让她毫无保留地参与其中。我感觉会有麻烦,不是她遇到麻烦,就是她带来麻烦。

"如果这是你的真实感受,"多迪说,"你应该辞去这份工作。"

"但是我已经介入其中。我得知道正在发生什么事。我感觉到其中有诈。"

"可是你不让我介入其中。"她说。

"你不要介入,有危险。我自己做梦都不想介入——"

"你先说你已经介入其中。接着你又说你做梦也不愿介入。事实是,"多迪说,"你见不得我和每个人都相处得很好,和昆丁爵士,还有那些会员,还有贝丽尔。"

她确实和所有人都相处得很好。那天下午,所有留下的会员都出席了,包括多迪,一共七个人。

提姆斯太太在大门口一见多迪就拦住她,低声询问她有没有她丈夫的消息。多迪悄悄说着什么,一副知心的样子。我忙着接待刚到的梅茜·杨,她利索地拖着伤腿走过来,还有惶恐的埃格伯特·德莱尼神父,但我听到贝丽尔·提姆斯在倾听多迪的悄悄话时,不时喊道"那头猪!",还有"太可恨了。应该把这种人送到荒岛上去"。我想让多迪脱身,但她不愿跟我进会议室,一直和贝丽尔·提姆斯聊个没完。我只好丢下那两朵英伦玫瑰,去忙我自己的事情了。

在过去的七周里,留下的自传学会忠诚会员发现他们的传记被做了大刀阔斧的修改。10月下旬的某一天,昆丁爵士对我说:"我认为你对朋友们的回忆录所做的有趣修改非常好,塔尔博特小姐,但是,现在该我接手了。

我意识到我必须接手。这是个道德问题。"

我没有反对。但我发现,像昆丁爵士这样噘着嘴、明确地说出"这是个道德问题"这几个字的人往往是在为自己找理由,并且一般都在图谋不轨。"你看,"昆丁爵士说,"他们一直都很坦诚,他们大部分人都很坦诚,但他们没有负罪感。我个人认为……"

我没有听他说。就是份工作而已。不再用我的创造性给枯燥的回忆录润色,我有很多理由感到高兴。除了梅茜·杨仍然在用大量的文字讨论生命的超越与合一,其他人在昆丁爵士的怂恿下,已经开始写他们的第一次爱情冒险了。我不认为他们很坦诚,但昆丁爵士经常这样说。到目前为止,维尔克斯夫人已经写到她1917年离开俄国前,被一个士兵撕开了上衣;克洛蒂尔德男爵夫人写到在第戎迷人的法国别墅里,被人发现和音乐教师上了床;埃格伯特·德莱尼神父曾惶恐地拿起笔写自传,如今还是那么惶恐地一连写了很多页,描述他第一次听人做忏悔时内心肮脏的想法;伯尼斯·"巴克斯"·吉尔伯特夫人闪回她十几岁的时候,用了整整一章来写她和曲棍球队队长的同性恋冒险,其中,很多对科兹沃德山落日的描写颇能渲染气氛。胆怯的埃里克爵士写到他读预科时和另一个男孩的事,唯一有趣的地方是,他和那个男孩不知道在做些什么的时候,他的心思一直都在一位女演员身上,这位女演员在上半学期来他家,和他父母住在一起。

昆丁爵士特别肯定地说,这些交上来的东西都很"坦诚",我没兴趣听。"……该我接手了……这是个道德问题。"他说。

那个11月下旬的晚上,多迪和我坐在我屋里。"你要是没有把我的那份撕掉就好了,"多迪说,"我没有东西可交,感到很难过。"

"你好像都对贝丽尔·提姆斯讲过了。"我说。

"每个人都需要倾诉。她是个真心的朋友。让她整天跟在一个倔老太太后面跑来跑去真是太丢人了。"

在过去的几周里,他们另外雇了一个护工照顾爱迪温娜夫人。这个护工性格文静,贝丽尔·提姆斯非常鄙视她。当然,爱迪温娜不再是提姆斯太太的负担,老太太更加疯狂,越来越有趣。我真的很喜欢她。我现在正和多迪一起回味最近一次自传学会会议。爱迪温娜端着茶出现了,她穿着浅紫色裙子,戴着好几串长长的珍珠项链。涂了胭脂的皱纹和晕开的睫毛膏,看上去特别好玩。她特意表现得很优雅,也很克制,只有在要离开的时候,护工不好意思地踮起脚尖进来扶她,爱迪温娜才放肆地咯咯笑了很久,然后说道:"啊,各位亲爱的,他让你们都听他的,是不是?哈!相信我的儿子昆丁。"她用精瘦的右手食指指着梅茜·杨说:"除了你,他还没开始对付你。"梅茜被长长的红指甲指着,两眼呈催眠状态。

"妈妈!"昆丁叫道。

我看了眼多迪。她正和贝丽尔·提姆斯窃窃私语,心领神会地点头,深表同情。

那天晚上,多迪闷闷不乐地坐在我屋里,不断强调,她为贝丽尔·提姆斯感到很难过,她真的觉得应该把爱迪温娜送到养老院去。我没有回答她。我觉得多迪在试图激怒我。看得出,多迪很疲倦。那个时候,由于某些原因,我不太记得我自己曾感到疲倦;我认为我应该有时候会感觉精疲力竭,因为我每天都要经历很多千奇百怪的事情;但是,我就是想不起来我曾经疲倦过,就像那一刻我看到的多迪那样。

我泡了茶,提出给她读一段我的《沃伦德·蔡斯》。我是为我自己读的,也是为了让她高兴,在某种意义上,取悦她。为我自己读是因为我想在多迪回家后再写几页,朗读是一种准备工作。

现在我读到了这里:沃伦德的侄子罗兰和他的妻子玛乔丽决定开始翻阅沃伦德的文件,准备交给普罗迪,因为沃伦德的老母亲普鲁登丝雇了学者普罗迪来处理这些文件。离那场平静的乡村葬礼已经过了三个星期,我对葬礼做了详细的描述。多迪已经听完葬礼部分,她的评价是"太冷静了",但我觉得无所谓。事实上,她的批评是个很好的迹象。"你对沃伦德的死亡悲剧表现得不到位。"多迪说。我同样觉得无所谓。无论如何,这是另外一章,是从罗兰的视角写的。他认为,他那位不幸英年早逝的叔叔是位了不起的人物,这是得到广泛认可的,是不言而喻的。他一生筚路蓝缕,终于功成名就。

全家人私下里都挺享受这种悲痛欲绝的状态,他们期望罗兰和玛乔丽能与普罗迪一起认真阅读那些文件,最终为沃伦德·蔡斯出一本《生平书信集》或类似的东西来纪念他。无论他们做什么,即便花上好几年,这本书也一定会很有趣。这项工作自然让罗兰伤心不已,他一页一页地翻阅着过世的人留下的文件。沃伦德·蔡斯,几周之前还是如此生龙活虎的一个人,现在却已经阴阳永隔。罗兰很悲伤,有点心力交瘁。可是为什么玛乔丽反而开始振作起来了呢?此前,她可是个有点神经质、情绪低落的三十岁女人。葬礼之后,她越来越显得容光焕发,精神面貌明显好起来了。普罗迪很清楚玛乔丽不一样的精神状态是怎么回事。

上面写的只是个大概情节。但是,那天晚上,我在我的单人间里读给多迪听的时候,可以看出她并不喜欢。我引用下她不能接受的部分:

"玛乔丽,"罗兰说,"你是怎么回事?"

"没怎么啊,我挺好的。"

"我也觉得。"他说。

"你好像在指责我,"她说,"就因为我挺好的。"

"嗯,就算是吧。沃伦德的死好像丝毫没有影响到你。"

"他的死对她产生了奇妙的影响。"普罗迪说。

〔把书送给出版商之前,我把"奇妙"(beautifully)改为"很好"(very well)。当时我可能读了太多亨利·詹姆斯的书,"奇妙"用得太多啦。〕

就是在这里,多迪指出:"我不懂你要说什么。沃伦德·蔡斯到底是不是个英雄?"

"他是个英雄。"我说。

"那玛乔丽就是个坏人。"

"你怎么那么说?玛乔丽是个小说人物,现实中不存在的。"

"玛乔丽是人格化的恶。"

"什么是人格化?"我说,"玛乔丽只是些文字。"

"读者想知道他们应该站在谁那一边,"多迪说,"可是在你的小说里,读者不清楚这个。玛乔丽好像是在沃伦德的坟头跳舞。"

多迪不是傻子。我知道我没有帮读者搞清楚他们应该站在谁那一边。我只凭感觉往下写,并不指明读者应该怎么理解。同时,多迪给了我启发:在这本书结尾处,玛乔丽在沃伦德的坟头跳舞。

"你知道吗?"多迪说,"你有点刻薄,芙蕾尔。你不像个真正的女人,对吧?"

她这样说我,我真的生气了。为了证明给她看我是个女人,我把那几页小说撕得粉碎,塞进字纸篓,突然号啕大哭,粗暴地把她赶了出去,弄出很大动静,以至于亚历山大先生从楼梯栏杆上看过来,抱怨了几句。"滚出去,"我对多迪喊道,"你和你的老公,掺和在你们中间,毁了我的文学创作。"

之后,我上了床,沐浴在一片祥和里,我睡着了。

第二天一早,我从字纸篓里捡起《沃伦德·蔡斯》的碎片,用胶水将它们复原,然后就去上班了,顺便去肯辛顿公共图书馆一趟,帮梅茜·杨借一本约翰·亨利·纽曼的《生命之歌》,我答应她很久了。在这几个星期里,即使她腿不太方便,也完全可以自己弄一本。但她所在的社会阶层,绝不可能是受教育最少的,却总是问怎样才能弄到一本书。他们很清楚,买鞋要去鞋店,买食品要去食品店,但是,去书店好像超出了他们的想象。

但是,我为梅茜着想,我认为纽曼自传精彩的内容能够拴住她的心,使她关注美好的俗世生活,虽然是在精神世界的背景下。梅茜需要有个东西拴住她。

我在图书馆的书架上找到了那本书,在同一区,我还看到了一本多年不见、让我眼前一亮的书——本韦努托·切利尼①的自传。就像偶遇老友。我借了这两本书,接着赶路,心情舒畅。

四

11月底,我开始在周日下午带爱迪温娜出去玩。这样做解决了爱迪温娜没人管的问题:护工不上班,而提姆斯太太和昆丁爵士到乡下去了。这挺适合我的,首先因为我喜欢她,其次她轻松融入了我的生活。如果天气好,我就打的去接她,让她坐在她的折叠轮椅里,在汉普斯特德西斯公园的周边散步,同行的还有我的一位朋友,我亲爱的索力·门德尔松,然后,我们会去茶馆或者去他公寓

---

① Benvenuto Cellini(1500—1571),意大利金匠、雕刻家、诗人、音乐家,以其生动的自传闻名。

喝茶。索力是一家报社的记者,总是值夜班,所以,除了大白天,我几乎见不到他。

在爱迪温娜面前没有什么是不能谈的;我们说什么、做什么,她都很开心,这一点很好,因为索力在心情放松、推心置腹的时候就会说粗话、诅咒生活的某些方面。但他天性非常可爱,有一颗特别慷慨大方的心。一开始,出于对年迈的爱迪温娜夫人的敬重,他会小心翼翼,但很快他就摸透了她的脾气。"您真爽快,爱迪温娜。"他说。

索力有点跛,那是打仗的时候落下的;我们走得很慢,途中经常停下来,推轮椅累了,需要休息,再加上谈话进行到需要停下来以示强调的节骨眼儿上,例如,我告诉他,多迪还在说我的《沃伦德·蔡斯》各种不好,所以我很后悔,当初就不该读给她听。

"你应该去检查检查你的脑子。"索力说,一直跛着往前走。他身材高大,有着闪米特人的头型,是雕塑家喜欢的那种。他停下来说:"你应该去查查你的脑子,好看清这个愚蠢的婊子。"接着换他推爱迪温娜的轮椅,我们一路往前走。

我说:"多迪是我心目中的一个普通读者。"

"去他妈的普通读者,"索力说,"因为根本就没有所谓的普通读者。"

"我也是这么说来着,"爱迪温娜喊道,"去他妈的普通读者。就没有这种人。"

我喜欢写得清楚易懂。所以,只要多迪能读懂我写的东西,我不在意她是否和我观点一致。她会说出一位英伦玫瑰的批评意见,我们会吵架,但是,她当然是我的朋友,总是回到我这里听我接着读。我也把我的小说读给爱迪温娜和索力听。"我记得,"爱迪温娜咯咯笑着说,"有个场景让我笑了好久,就是鱼贩同业公会为沃伦德·蔡斯举行追悼会那段。"

爱迪温娜说话声音很大,好几位路人回头来看她。人们经常回头盯着她看,看她涂着脂粉、满是皱纹的脸,看她绿色的牙齿和她高举着的血红指甲,她的声音又尖又高,脖子以下都裹在豪华的皮毛披肩里。爱迪温娜已经九十多岁了,随时都可能撒手人寰,她是六年后去世的。我最最亲爱的索力活到了本世纪 70 年代,去世的时候我在很远的地方。他最后一次生病的时候开始把他书房里的书寄给我,他知道我会特别喜欢。

其中有一本让我想起寒冷的汉普斯特德西斯公园，那是约翰·亨利·纽曼《生命之歌》的珍藏本，另一本是我爱戴的本韦努托·切利尼的《生命》，用绿色和金色装帧的意大利文版。

我写下我动荡的一生……

在我记忆中，索力最可爱的时候就是我们一起在汉普斯特德西斯散步的日子，爱迪温娜总是配合我们演绎生活的戏剧，我们谈东论西，她总是像希腊合唱团一样嘎嘎笑着应和。我还没有写完《沃伦德·蔡斯》，但索力为我找了一家快破产的出版商，办公地点在沃平的一个仓库里，出版商看了前两章，认为写得不错，准备签出版合同，预付金只有区区十英镑。记得有次在散步的时候，我们谈起这份合同。那天天气干燥，风很大。我们停了下来，索力仔细读了那份一页的文件。文件在他手里飘动。他还给了我。"告诉他，让他用这张纸擦屁股，"索力说，"不要签。""就是，哦，就是，哦，就是，"爱迪温娜尖叫道，"告诉那个出版商，他的合同只配擦屁股。"

我一点都不喜欢听脏话,但是,在那个环境里,那个公园、天气、轮椅,还有本真的索力和爱迪温娜,让这一切在我听来都很有诗意,让我开心。我们把爱迪温娜推到一个茶馆,她为我们倒茶,非常礼貌和体面地交谈。

时间到了 1949 年 12 月的中旬。我已经好几夜没睡,赶着写《沃伦德·蔡斯》,并且,脑子里已经有了另一部小说的主题。我渴望能有一笔钱,这样我就能辞去现在的工作。但是,除非我能从出版商那里拿到足够的钱,否则,根本没可能。

还有一点。我在昆丁爵士那里的工作牵动着我的好奇心。那里发生的一切本来可以持续影响我的《沃伦德·蔡斯》,但并没有。直到 1950 年 1 月,我的书已经写完了,我才有些明白昆丁爵士的企图。

1950 年 1 月底,我注意到所有的自传学会会员情况不妙。

我得了流感,休假两周。新年刚过,多迪得了流感,我晚上的大部分时间都在她的公寓里陪她,我感觉自己肯定要被她传染。我不是很确定我是不是不想生病。1

月的前两周,我每天晚上带上我给她买的东西去她那里,莱斯利也经常来。他已经和多迪分居,搬出去和他的诗人朋友住了。但是,流感让多迪比原来放松很多。她不再是一副英伦玫瑰的样子。她克制自己不去对莱斯利说她在为他祈祷。的确,她还保留着小时候的宝贝,放在床上陪她,都放在莱斯利曾经睡觉的那一边:一只泰迪熊、几个布娃娃和一个怪脸木偶。她总是把这些玩具放在床罩边上。我知道这些玩具让莱斯利很烦,但现在她病了,我想他对她可能宽容了一些,因为他有时给她买花。我们之间没有相互指责,高高兴兴地在一起,用不着小心翼翼。然而,我私下想,我当初到底看上莱斯利什么了,他好像失去了英俊的容颜,至少没有了男子气概。尽管如此,我们很快乐。多迪听了我讲昆丁爵士的笑话甚至笑了。但是,她内心里对那个自传学会非常认真。

现在轮到我病倒了,我发着高烧,整天躺在床上写我的《沃伦德·蔡斯》。这次流感倒是天赐良机,让我可以写完这本书。我的手写累了才停下来,多迪下午六点钟来,用保温瓶装着汤或咸肉片——她在我的煤气炉上煎肉片,因为我病了,她给我切成很小的块。流感过后,她瘦了,一绺漂亮地向上卷的头发耷拉下来,使她这会儿看上去不那么像英伦玫瑰了。我不在的时候,她曾去昆丁爵士那里帮忙。

"多迪,"我说,"你不要太把那个人当回事。"

"贝丽尔·提姆斯爱上了他。"她说。

"哦,天哪!"我说。

那天,我刚好写到《沃伦德·蔡斯》中的一章,书中人物夏洛特的书信证明她深爱着他,她宁愿扭曲强大的直觉,或者忘记自己有这样的直觉,只为了赢得沃伦德的赞许,留住他对自己的关注。我笔下的人物夏洛特就是一个虚构的英伦玫瑰,她后来成为我塑造的比较震撼的人物之一。我在意什么呢?我是在发烧的日日夜夜里将她构思出来的,当时我备受流感的折磨,还继发了胸膜炎,我从不后悔塑造了夏洛特。我写诗、写散文,不是为了让人觉得我是个好人,而是为了让我的字句能表达真实而神奇的思想,我在创作的时候,文字于我而言正是如此。我喜欢我工作的时候发出的声音,我不知道这有什么不能说的。我会把所有相关事实都说出来。

我用轻松的、没心没肺的方式讲述沃伦德·蔡斯的故事,这是我讲述非常重要的事情的惯用方式。无论写什么,我感觉如果一位作家假装在经受悲伤,而实际上只是拿着纸和笔或在打字机前舒服地坐着,那未免显得虚伪。我喜欢沃伦德的母亲普鲁登丝这个人物,还有她阴森森的言论。我让她把文件交给美国学者普罗迪,她觉得普罗迪很有喜感。我一个场景一个场景地写下去:沃伦德死后,玛乔丽明显从某种可怕的焦虑中解脱出来了,她丈夫罗兰对此很不满,他长着小圆脸,敬爱已故叔叔;接下来,沃伦德·蔡斯留下的书信和笔记被发现了,将散落整本书的片段拼凑起来,最终揭示出我一直引导读者怀疑的事情。沃伦德·蔡斯私下里是一个清教虐待狂,他出于个人爱好,挑选了一帮脆弱和愚蠢的人,把他们聚在一起,然后,他很用心地给他们植入并培育出一种可怕、虚幻的罪恶感。我在书中写道:"沃伦德的秘密祷告会当然被人知道了,但是,因为这件事情过于敏感,不适宜公开讨论。沃伦德编造神话,树立了自己高大的形象,没人敢窥探他的生活,担心那样做会让自己显得下作。"这样说吧,他被当作一个神秘主义者,以英国高派教会的骨干而闻名;他在各大学做报告,给《泰晤士报》写信。天知道我从哪里获得了塑造沃伦德·蔡斯这个人物的灵感;我认识的人中并没有这样一个人。

我只知道,我开始写《沃伦德·蔡斯》的那天晚上,我一个人在肯辛顿大街地铁站附近的一个餐馆吃饭。我很少一个人出来吃饭,但是,那天,我可能发现自己手头有钱吧。我在做我自己的事情,边吃晚饭边听邻桌的谈话。其中一个说:"我们所有人都来到客厅,等候他的到来。"

我只需要这些。这就是《沃伦德·蔡斯》第一章的开头。其余部分都是从那句话生发出来的。

但是,我给沃伦德编造了一次战争经历,发生在缅甸的一次重要战役,我把这个经历写得非常可信,尽管战争部分着墨不多,事实是,我对缅甸战争了解很少。后来,我吃惊地发现,读者认为沃伦德的战争经历写得非常可信和丰满,而我写的真的很少——一位现实中的缅甸战争老兵给我写信说,他认为我写得很真实——但从那以后,我明白了一个道理:写作艺术,需言简意赅,长篇大论倒有可能言不及义。

我从未在书中透露过沃伦德的动机。我只是呈现他的话语和暗示所产生的后果。他性格中真正的两面性在于，他在公共生活中是个墨守成规的国教信徒，而在私人生活里却热衷派系之争。在祷告会上，他是个圣经原教旨主义者，例如，他诱使他教派的一名信徒放弃了在作战办公室（当时国防部的名称）的一份好工作，卖了他全部家当救济穷人，最终，在一个雾气沉沉的11月的夜里，死在公园里的板凳上。这让沃伦德很满意。但他自己呢？我已经说得很清楚，他对基督教的理解要开化和实际得多。

"诱使"这个词可能不太准确。他用上帝之语煽动和恐吓他人。我写到他的祷告团里的四位女性，都成了他最大的牺牲品，因为他是一个严重的厌女症患者。其中一位女性自杀了，因为她无法忍受他加在她身上的罪恶印记，深信自己没有一个朋友。另外两位发疯了，其中包括他的女管家夏洛特，那位被他深深迷住的英伦玫瑰。他侄子的妻子玛乔丽已经到了精神崩溃的边缘，恰逢沃伦德在一次车祸中丧生。这么多年来，评论家们一直在追问，沃伦德是不是爱上了他的侄子。我怎么可能知道？沃伦德·蔡斯根本不存在，他只是几百个单词、标点符号、句子、段落和页面上的印记。如果我做心理学研究,研究沃伦德·蔡斯的动机,那我会说是。但我不研究动机,从来就不。

我合上书页,把它们放在托盘下面,那个冬天,我躺在病床上完成《沃伦德·蔡斯》,流感并发气管炎和胸膜炎,我也没停。我声音嘶哑,多迪来看我的时候,没办法朗读给她听。但当她提到昆丁爵士,说"贝丽尔·提姆斯爱上了他",我拖着发烧的身体坐起来说:"天哪!"我理解不了,竟然还有人会爱上昆丁爵士。

五

1950年1月底,我完成那部小说一周之后,我注意到自传学会的会员们越来越不对劲。我因为患流感而情绪低落,但一想到书已经写完了,就感到高兴。我不敢指望《沃伦德·蔡斯》能取得成功,但我已经构思出一部更好的书。索力帮我找到了另一位出版商来代替合同被他鄙视的那位。这位出版商是个上了年纪的人,名叫利维森·多伊,他圆圆的秃脑袋闪闪发亮,如果在教堂或者剧院里坐他后面,我会忍不住想摸一摸。他说,他认为《沃伦德·蔡斯》"很邪恶,特别是那些轻浮的部分",他还说"如今的年轻人精神都不健康",不过,他认为,他的公司可以赔钱出这本书,寄希望于今后更好的作品。他给了我一页打印的东西,告诉我那就是他们的常规合同,这个合同还行,但也说不上好。只是,我后来亲自侦查发现,他公司的全名是帕克-利维森·多伊公司,公司有一台印刷机,那张"常规合同"就是在那上面印出来的,以规避他们对每位作者的责任。然而,利维森·多伊向我介绍他自己的时候,回忆了他好玩的青年时代,当时他在一家文学周刊编辑部打杂,有一次被派往霍尔本地铁站接 W. B. 叶芝:"他披着一件黑色斗篷。我说:'您是诗人叶芝先生吗?'他停下来,把手举得高高地说:'我就是。'"

但这都是陈年旧事。我签了合同,暂别了利维森·多伊。《沃伦德·蔡斯》将在 6 月出版,我只需要等着出校对稿。1 月底,我回到昆丁爵士那里上班,把这本书的事情完全抛在脑后。

3 月,校对稿出来了,再次面对我的《沃伦德·蔡斯》,我竟然感觉如此陌生,甚至不想为了校对打印错误再读一遍。所以,一天下午,我和索力去圣约翰山庄看望我们的朋友西奥和奥黛丽,他们是一对夫妇,都出版了自己的小说,所以,相比我在伦理教堂大厅的读诗会上认识的那些还没有发表作品的朋友,在等级森严的文学圈子里,他们赢得了更多的尊重。西奥和奥黛丽答应帮我校对。我请他们不要修改原作,只找出拼写错误就可以了。

我递上了我的校对稿。

他们人很好。"你看上去心事重重,"西奥说,"你怎么啦?"

"她心情不好。"索力说。

"我很烦呢。"我说,但我不想做进一步解释。索力说完"她的工作让她不开心",也没再多说。

奥黛丽把下午茶所剩的小圆面包和三明治打包让我带回家吃。

从1月底开始,在过去的两个月里,我感觉昆丁这伙人越来越像被轰炸过的建筑物,破坏了伦敦的街景,这些废墟一月比一月糟,自传学会的人也是如此。

多迪看不到这一点。

埃里克·芬得利爵士对我说:"你真的认为维尔克斯夫人的头脑正常吗?"

我想,最妥当的话就是,"正常的头脑是怎样的?"他看上去被吓了一跳。我俩午饭后单独在巴斯俱乐部的女士休息室喝咖啡,该俱乐部因原来的房屋失火,如今在另一家俱乐部里面营业,我记得这家俱乐部叫保守派俱乐部。

"正常的头脑是怎样的? 好吧,你的头脑就是正常的,芙蕾尔,每个人都知道。问题是,哈勒姆大街那帮人说……你不认为现在我们应该把话说清楚吗? 大吵一架也比现在这样好。"

我说我不想大吵一架。

埃里克爵士向刚进来的一对中年夫妇挥了挥手打了招呼,他们在房间另一边的沙发上坐了下来,马上有人和他们会合。埃里克爵士向房间的另一边腼腆地挥手、点头,仿佛在向他们表示他正与我亲切谈论着伦敦爱乐乐团的演出、切尔滕纳姆金杯赛或者甚至是我个人的魅力,而不是自传学会的一堆烂事。我渴望拥有恶魔之眼的魔力,把它用在埃里克·芬得利的身上,以报复他带我出来吃饭,又讲那些纠结的事情来恶心我。

"大吵一架,"他说,他小心翼翼的小眼睛闪着光,"维尔克斯夫人头脑不正常,但是你,芙蕾尔,你的头脑是正常的。"好像我头脑正常是不对的。

我感到有点恐慌,但是,我知道我可以控制好。我觉得我应该安静地坐着不动,就像一个人突然遭遇一头危险的野兽。《沃伦德·蔡斯》里的氛围再一次笼罩着我,但,怪异的是,没有了那种平和的基调。我刚开始写作的时候,人们说我的小说太夸张。它们一点不夸张,只是现实主义表现方式罢了。埃里克·芬得利爵士是真实的,他就坐在我旁边的沙发上,指责维尔克斯夫人不懂欣赏他自传的最新部分,即他的战争经历,所以,头脑不正常。他说,维尔克斯夫人只记得他上学时和一个男孩子好又惦记着女演员的事情。"维尔克斯夫人总是在说这件事。"埃里克说。

"您就不该暴露这些。那些自传很危险。"我说。

"好吧,好多都是你写的,芙蕾尔。"他说。

"那些危险的部分不是我写的。我只写了那些有趣的部分。"

"昆丁爵士要求做到,"他说,"绝对坦诚。你不要糖吗?"他指着我咖啡杯托上的一小块糖。我说我不要了。他把糖放入他特意带的一个信封里,然后放进了口袋。"他们说还有三个月就要取消配额啦。"他兴奋地低声说。

那天晚上,多迪对我说:"我懂埃里克的意思。维尔克斯夫人过分关注性。我不相信她逃离前被一个俄国士兵强奸过。那是她幻想出来的。"

"你们任何人做了什么我都无所谓,"我说,"我只是无法忍受会员之间流行各种闲话、游说、幕后活动。"

"昆丁爵士要求做到绝对坦诚,我也认为我们都应该对彼此毫无保留。"多迪说。

我看着她,我知道,我的样子就好像我根本不认识她。

梅茜·杨找到了我的住址。有个星期六下午,她来到我的房间,就在我和埃里克·芬得利爵士在他的俱乐部吃午饭的前几天。结果,她也是来向我诉苦的,虽然她一开始坚持不进屋,就想给我本书,的士还在下面等着她。我们把的士打发走了。

梅茜说:"好可爱的小屋子,挺紧凑的。"她住在波特曼广场的一幢房子里,自己占了一大半,另一半用来出租。我觉得梅茜看到我现在住在如此狭小的房间里有点懵了,她看到我用一个煤气炉烧饭,坐和睡觉都在床上,用橘子盒装食品和盘子,一张桌子同时用来吃饭和写作,用脸盆洗脸,两把椅子用来坐或者(就像现在这样)晾衣服,一个角柜装衣服,几面墙壁上靠着几书架的书,走路得跨过地板上一堆堆的书,她很吃惊——这哪里有智性思考的空间呢?梅茜像抓缰绳一样紧紧抓住她的包,恍惚地把四周看了一遍,仿佛她又一次从马上摔了下来。我相信她仅仅是出于善意,不停地说:"真小巧,真小巧,真是……真的是……我不知道还有这种房子。"

我把其中一把椅子上的衣服收起来,让梅茜坐在上面,把两本《大英百科全书》和《乔叟全集》摞起来给她做脚凳,把她打着架子的腿放在上面,爱迪温娜和索力·门德尔松来了,我也总是这么干。她很喜欢。我坐在床上笑了。

"我的意思是,我不知道在肯辛顿还有这种房子,"梅茜说,"我的意思是,在肯辛顿——现在。这就是你带爱迪温娜来的地方吗?"

我说是的,有时带她来。我开始泡茶,这又把这位漫游奇境的梅茜吓了一跳,我觉得我应该告诉她,我经常有很多访客,一次招待五六位客人,甚至更多。

"你是怎样保持得这么干净的,你自己?"梅茜说,用另一种眼光看着我。

"每一层有一个洗手间。洗一次澡四便士。"

"就这么多吗?"

"太贵啦。"我说,我给她解释了房主怎样利用洗手间投便士的煤气表和房间投先令的表大赚特赚,读表人上门收费的时候,会退款给他们,他们却没有把退款返给房客。

"我认为,"梅茜说,"他们也得赚钱吧。"我看出她站在谁的立场上了,所以,尽管她还在到处看,想了解更多情况,我没有告诉她房租多少,不然,她会惊叹真是太便宜了。

"好多书啊——你都读过吗?"她说。

我还是很喜欢她。她只是对贫穷一无所知罢了,她对很多事情都一无所知,但她没有自命不凡。梅茜坐下喝茶、吃饼干,开始说她要说的事。

"埃格伯特·德莱尼神父,"这位漂亮姑娘说,"认为撒旦是个女的。他给我讲了很多,我认为应该让他辞职。这是侮辱女性。"

"好像是这样,"我说,"你为什么不告诉他呢?"

"我认为,你是秘书,芙蕾尔,你应该找他谈谈,并向昆丁爵士报告此事。"

"但是,如果我告诉他,撒旦是个男人,他会觉得这是对男人的侮辱。"

她说:"我个人不相信有撒旦。"

"哦,那就没事了啊。"我说。

"怎么就没事啦?"

"如果撒旦不存在,我们何必谈论撒旦是男是女?"

"我们在谈论的是德莱尼神父。你知道我怎么想的吗?"

我问她到底怎么想的。

"德莱尼神父就是撒旦。他本人是撒旦。你应该向昆丁爵士报告。昆丁爵士要求做到绝对坦诚。是时候了,我们应该摊牌。"

我还是喜欢梅茜·杨,她有种自由的风度,她自己并无觉察。她坐在我的屋里,让我想起《沃伦德·蔡斯》里的人物玛乔丽。但当时我没有多想;我在想她的措辞:"昆丁爵士要求做到绝对坦诚。"这句话一直萦绕心头,所以,几天之后,我和埃里克·芬得利坐在他俱乐部的时候,他两次说着一模一样的话,我深信,昆丁·奥利弗爵士已经开始操控他那班傻子了。此刻,和梅茜一起坐在我房间里,她一句"昆丁爵士要求"让我很不舒服。我说:"朋友之间毫无保留是错误的。"

"我懂你的意思,"梅茜说,"你假装很高兴见到我,实际上你并不欢迎我来这里。我这个跛子让你讨厌了。"

我吓了一跳。此刻,她把我一句泛泛而论的话指向她自己,我真的觉得她非常讨厌,不仅现在讨厌,将来依然讨厌。对未来梅茜的担心让我感到胃里面有种揪紧的空虚感。瞬间,她仿佛失去了那种她一辈子也觉察不到的自由风度。

我说:"哦,梅茜,我没有这样想,我只是泛泛而论。坦率是粗鲁的委婉说法。"

"人们应该坦率,"可怜的姑娘说,"我知道我是个跛子,还令人讨厌。"

我渴望有电话打进来,可是并没有,或者有人来也行啊,但那会儿没人来。我嘟嘟囔囔说着什么,大意是身体的缺陷也是一种吸引力什么的。她厉声说,她不想讨论她的性生活。我不能再坦率了。

梅茜拿起她带来的那本书,是我从图书馆帮她借来的约翰·亨利·纽曼的《生命之歌》。"昆丁爵士把他自己的一册借给我了。"梅茜说。她看着我,但没有真正看见我。那一刻,我感觉自己像一个灰色的虚构人物,某部小说中的"我",但是作者决意不对其外表做任何描述。当然,我患流感刚恢复,人还很虚弱。她哗啦哗啦翻着那本《生命之歌》,找到她想读给我听的一段话。那段话在该书的开头部分,纽曼讲到他小时候的宗教情感。他感觉自己被选来服务于永恒的荣耀。他说,实际的信仰慢慢消散了,但对他青少年时期的思想产生了影响:

……即将我与周围的物体隔开,在我怀疑物质现象的现实时,给我支持,使我得以专注于两种且仅此两种至高、至明、不言自明的存在:我自己和我的创造者……

梅茜读完了,她说:"我认为这段非常非常美,并且真实。"

我生气了。我无法忍受,在过去三年半的时间里,我一直在研究纽曼,他的布道词、他的散文、他的生平、他的神学,并且没有任何回报,错过了我再也不会遇上的快乐和幸福。而梅茜呢?出事前,她忙着跳社交舞,在战后政府花钱修缮的乡村庄园的花园里骑马,自从出了事故,她和她的朋友们一直都在鼓捣没有任何学术价值的宇宙理论。当然,牺牲快乐本身就是快乐,但当时,我没办法做这种纯理性的思考。梅茜读纽曼的名段给我听,还对我说它很美、很真实,这让我非常生气。我说:"纽曼只不过在讲人生的某个阶段。"

"哦,不,"梅茜说,"他整本书都在讲这个。两种且仅此两种至高、至明、不言自明的存在:我的创造者和我自己①。"

忽然,我明白了,她在某种意义上是对的,到目前为止我为之着迷的纽曼思想,呈现出一个不同的角度。在此之前,我一直特别喜欢这一段,感觉到强烈的信仰力量,觉得它适宜作为所有人的理想。但是,当梅茜说出那番话后,我看出了可怕的疯狂,强烈的反感涌上心头。"……我怀疑物质现象……两种且仅此两种至高、至明、不言自明的存在:我的创造者和我自己。"我庆幸自己腰臀部很壮,肋骨很结实,不然我就分崩离析了,思绪在爆裂。但我听见自己冷冷地说:"这是一种神经质的世界观。只是诗意想象。纽曼是十九世纪的浪漫主义者。"

"你知道吗?"她说,"这世上还有人记得纽曼主教,把他看作一位天使。"

"我认为,"我说,"想象这个世界上只有两种至明和不言自明的存在——你的创造者和你自己,这多么可怕。你不应该这样理解纽曼。"

---

① 原文如此。前文引段中为"我自己和我的创造者"。

"这是个很美的想法,非常美——"

"我很后悔推荐你读《生命之歌》,那就是一部优美的诗性幻想作品。"这样说过于简单,曲解了原作,但我需要一种修辞来对付这个女孩子的观点。

"是埃格伯特·德莱尼神父最先跟我提到的,"她说,"我不明白那个邪恶的家伙怎么可能欣赏这本书。但你确实要求我们把这本书当作自传的典范来读。"

"我认为,埃格伯特·德莱尼神父就是一位不言自明、至明的存在,"我说,"你也是,我讨厌的房东也是,我认识的所有人都是。你不能只和上帝保持一种'我和你'的关系而对其他的生活现实表示怀疑。"

"你对昆丁爵士谈过你的观点吗?"梅茜说。"因为,"她说,"昆丁爵士要求做到绝对坦诚。他要我们都学习《生命之歌》,把它当作自传的典范。"

此时,我已经平静下来了,我在想,我没有向他们推荐普鲁斯特和他的虚构自传,省了我多少没有报酬的加班时间啊。我想把梅茜请走,忘记自传学会的事,至少周末不再想这件事。那些人和他们的昆丁爵士就是一张张白纸,我可以在上面写小说、写诗,想怎么写就怎么写。

我看着表,高傲而不耐烦地告诉梅茜,我得打个电话——"天哪!我忘了时间!"——说着话,我奔向电话,拨通了多迪的号码。她不在。我放下听筒对梅茜说:"我恐怕错过了我的朋友。"

她两眼紧盯前方,仿佛僵直性晕厥发作,完全无视我打电话和大惊小怪。我以为她会不高兴,但是,她像被催眠似的说着话,让我怀疑她在演戏:"埃格伯特·德莱尼神父就是撒旦的化身。如果我告诉你他是怎么说你的,你就会相信我了,芙蕾尔。"

我马上变得非常好奇:"他——说——我——什——么?"

她进入了另一层梦境。我知道这样催逼她很愚蠢,但我迫不及待地想知道。

终于,她开口了:"你急于为其辩护的埃格伯特·德莱尼神父说,你企图说服爱迪温娜夫人为你修改遗嘱。他说贝丽尔·提姆斯深信不疑。事实上,很多人都相信了。"

我大笑,但是笑声是假的,我希望没有表现出来。

"埃格伯特·德莱尼神父是这么认为的,"她说,"不然,你怎么会带那个可怕的干瘪老太婆散步,还花那么多时间陪她?"

我祈祷有人给我打电话或者探头进来看我。很快,我的祷告似乎得到了回应,但这也不能证明是它的功效。现在六点钟,我的朋友们可能随时给我打电话,或者在去哪里的路上顺便来看我。梅茜说:"这是个迟早会出现的问题,对吧? 当然,我认为埃格伯特·德莱尼神父非常邪恶。在这个问题上我支持你,芙蕾尔,我认为你不必解释你为什么那么关注一个令人恶心的妇人。"

"我甚至不用解释我为什么这么关注你,"我说,"我敢说你会先我而去,但我也不指望你在遗嘱中给我留下什么东西。"

"哦,芙蕾尔,太刻薄了吧? 你说这话简直禽兽不如。你怎么可以这样说话? 你竟然想我死? 我是支持你的,支持你的,我告诉你是为了你——"

有人敲门。门开了,没想到来人竟然是莱斯利的诗人男友,他名如其人,叫格雷·毛瑟[①],他的笔名叫利安

[①] Gray Mauser,音似 Grey Mouse(灰老鼠)。

德,他怯怯地把头探进门。我和格雷之前只见过一次面。我说:"哦,是格雷,很高兴见到你。请进来吧!"

见我表示欢迎,他看上去胆大了很多。这位不言自明、至明的小邋遢进了房间。他个子矮小、纤细、瘦弱,二十岁上下,腿脚虽然不至于需要医治,但肯定非常不协调。见到他我真是太高兴啦。

"我只是想,会不会碰巧在您这里见到莱斯利。"格雷说。

"哦,我猜他过一会儿就来。"我说。我把他介绍给梅茜,然后马上说如果格雷跑出去帮她叫辆车,她会感激不尽。

他马上跌跌撞撞地奔出去找车了,很高兴能帮上忙。我帮梅茜挂好拐杖,把手提包的带子缠在她手指上,紧随其后出去了。她可能有点难受,但我无论如何也不管了。我在门口把她扶上的士就回了房间,冷得发抖,莱斯利的诗人跟着我。

那天晚上,我们去了文学圈的人经常光顾的一家酒馆,点了淡啤酒和康沃尔馅儿饼。我在我的馅儿饼里找到了两小块方方正正的牛排,格雷从包在粗硬的饼皮里的土豆丁里面扒拉出一块。有一点让我很好奇：回头看，那块放了一整天的康沃尔馅儿饼让我恶心，当时却很好吃。所以，我问自己：我怎么会喜欢那块油腻腻的康沃尔馅儿饼？——同理，我现在可能会问：像莱斯利这样的男人，他的魅力何在？

我和格雷坐在酒馆里一张单独的桌子旁。酒吧里有一两位著名诗人，我们只敬而远之地望着他们，因为他们是我们难以企及的存在。我觉得那天的诗人有可能是迪伦·托马斯和罗伊·坎贝尔，或者是路易斯·麦克尼斯和什么人。都无所谓，重要的是，康沃尔馅儿饼很好吃，啤酒很好喝，气氛也非常好，我们可以聊天。格雷给我讲了一堆他遇到的问题。三天前，莱斯利和多迪一起去了爱尔兰，他承诺昨晚回来，却不见人影。他给格雷留下了一份安慰礼物，一条灰色带蓝点的领带，格雷此刻就戴着这份礼物，他感到骄傲又难过。我和格雷·毛瑟没什么话说，但我记得，那天晚上，和他坐在酒馆里，我对梅茜·杨的愤怒淡化了很多。我鼓励他说，我认为莱斯利不喜欢女人。我们一致认为，男人比女人更容易伤感，但女人一般更可靠。接着，他从口袋里掏出几张皱巴巴的纸，读了一首关于弯月的诗给我听,他解释说,弯月是性的象征。

我从来都没有高看过格雷这个人,他没有什么过人之处。但是,那天晚上,我们分开后,我乘地铁回家的路上,我想,和梅茜以及自传学会的那帮人比起来,他多么理性。我在肯辛顿大街下车,外面下着雨,很冷,我高兴地走在路上。

所以,几天后,当我和埃里克·芬得利坐在他的俱乐部里,听他各种指责的时候,我有一定的心理准备,我可以控制住我的恐慌。

六

一周后的周末,多迪从爱尔兰回来,比预定时间晚了一个星期,莱斯利再一次抛弃她,回到了格雷身边。"我本来不是太在乎,"多迪来看我的时候说,"但是,抛弃我,去找那个小老鼠,这让我难以忍受。他要是个帅哥也好啊,或者聪明、有才智也行啊……但他是那样一条可怜虫,那个格雷·毛瑟!"

我提示她,莱斯利并不是离开她而选择格雷。"他离开的是我。"我说。

"我不在意与你同侍一男。"多迪说。我感觉好怪。于是大笑。多迪反过来觉得我好怪,竟然觉得这件事好笑。

"当然,"这朵英伦玫瑰说,"你很强势,而我心软。莱斯利把他的作品拿来让我打印,我像个傻子一样替他做。他在写一部小说。"她把编织的活儿拿了出来。

我急切地打听那部小说的事。她说她不能说太多,只告诉了我题目——《双行线》。我乐滋滋地想着,这个题目所对应的主题有好多。"等写完了,莱斯利肯定会自己拿给你看。"多迪说,"写得很好,很深刻。"

"是自传性的吗?"我问。

"哦,是的,基本上是自传性的。"多迪骄傲地说,仿佛这是优秀、深刻的小说的先决条件,"当然,他换了名字。但是,这部小说写得很直白,这是当今世界最重要的品质。例如,昆丁爵士总是要求做到绝对坦诚。"

我不想激怒多迪,不然我就会告诉她,绝对坦诚对艺术来说,不是什么优点。接着,她伤心地说,没有人是坦诚的,那只是幻想。我说我同意,这让她不安起来。

但是,在任何情况下,听到昆丁这个名字,我就不耐烦,还有为他歌功颂德那一套。

我告诉她梅茜来过,还告诉她我和埃里克·芬得利吃过午饭。过了一会儿,我意识到,多迪少见地沉默不语。但是,我接着聊。我补充了一个细节(是真的):在芬得利的俱乐部里,我坐在矮沙发上,与他并排,他跷起二郎腿,鞋底子差点蹭到我脸上。我说,这至少代表他潜意识中企图侮辱我。我告诉多迪,我认为不该将纽曼的《生命之歌》推荐给自传学会,它应被看作一个特例,是纽曼针对查尔斯·金斯利对他缺乏真诚的指责所做的自我辩护。我说,因为大家争相效仿《生命之歌》,他们的自传都转向妄想叙述。我说,有一部更好的样板,切利尼的《自传》,内容鲜活而全面。正常的笔法,我说。多迪继续织。

她一直在织,织的是一条红色的羊毛围巾,她一遍遍地织到头,转一面,再接着织。我告诉他,昆丁爵士越来越像我小说中的人物沃伦德·蔡斯,太神奇了,我竟然塑造了这样一个人物，我有可能把所有人塑造出来——那一帮人。我说，那波人中，只有爱迪温娜是真实的。听到这句，多迪停了一会儿，看着我。她什么也没说，接着织。

而我一直讲，一次都没有等她回应。她的沉默刚开始好像也没什么。我感觉我的话很有效果。我告诉她，我认为整个自传学会都已经发疯了，这正合昆丁爵士的心意，最后，我复述了埃格伯特·德莱尼神父在开会的时候对我讲的悄悄话，他用不敬的词说到"维尔克斯夫人的乳头"。我告诉多迪，这种措辞对我是一种冒犯，我比维尔克斯夫人受到了更多侮辱。我解释说，我可以容忍索力·门德尔松的脏话，或者十六世纪的本韦努托·切利尼，如果他还活着的话，因为这两个人都是理性的大男人。但我决不容忍这个让人毛骨悚然的恶心还俗教士贱兮兮侮辱我的耳朵。

"太晚了。"多迪说。她把编织活儿收进一个难看的黑色袋子里，说了再见，离开了。

她走后，我觉得她的沉默不寻常。我有了新的解释。我等她到家就给她打了电话。

"你今天怎么啦,多迪?"

"你看,"她说,"我觉得是你疯了。你产生了幻觉。我们没有问题。我们是再正常不过的一群人。我觉得你有问题。贝丽尔·提姆斯——算了,我让她自己说。你的《沃伦德·蔡斯》绝对是一部病态的小说。西奥和奥黛丽·克莱门特都认为它不健康,他们一边校对,一边担心得要死。莱斯利说这部小说很疯狂。"

我稍做镇定,想想怎样反驳才合适,我的《沃伦德·蔡斯》遭到了攻击,这让我气愤难平。其他的我都不在乎。

"如果你对莱斯利的小说能说得上话,"我拖长声音说,极力忍住我的歇斯底里,"麻烦你让他删去那个被他用烂了的无聊短语——'关于'(with regard to)……"他写书评的时候总是用这个短语。

我能听见多迪哭了。我还想说说莱斯利的散文,重复累赘,令人望而生畏。他永远词不达意,多音节词纵横交错,让意义无迹可寻,各种意象如同水泥般到处涂抹。

她说:"你和他睡觉那会儿可没这么说。"

"我不是因为他的散文风格跟他睡觉的。"

"我觉得,"多迪说,"你不适合活在我们的世界。"

如此,我结束了和多迪的上百万次争吵中的一次。

"哦,芙蕾尔!"伯尼斯·"巴克斯"·吉尔伯特夫人拉长沙哑的声音对我说,"请帮忙把这些三明治端给大家!也请帮忙放好外套。我的小侍女只有一双手呢。你看看有人要喝点什么吗……"她软磨硬泡让我参加她的鸡尾酒会,于是我穿了一件蓝色天鹅绒裙子来到可胜街她的公寓里,同来的还有一大群闲聊的人。我现在终于明白她为什么非要让我来。我随便端了一盘奶酪饼干,送到站在我旁边的一个看上去挺靠谱的年轻人面前。

他拿了一块饼干说:"芙蕾尔,是你啊。"

原来是沃利·麦康纳奇,他是我战时的老朋友,在外交部工作。沃利去过加拿大。我们靠着墙聊天,巴克斯脸色难看地看着我。她看够了,我重绽笑容,和沃利聊天、喝酒。我拉上沃利和我一起在门口保管客人的外套、分发三明治,三明治里夹的是从黑市买来的好东西,我和沃利也吃了我们的一份。巴克斯更生气了。

"我想,"她经过我旁边的时候说,"昆丁爵士肯定需要你帮忙。他还没到呢。"

我说,昆丁爵士要求我们做到绝对坦诚,那么坦率地说,我一直在帮忙,三明治做得很好。

不一会儿,昆丁爵士就到了,自传学会的会员一个接一个地穿过其他客人走进来。屋子里站满了人。我看见多迪在很认真地和梅茜聊天,不时向我这边看。豪华的钢琴上面到处都是空杯子,钢琴上方放着挂满勋章的巴克斯已故丈夫的巨幅相片。女主人抓住我的胳臂,默默地指着那些空杯子。

沃利和我把那些杯子收起来,丢在厨房里就离开了。我们在普吕涅吃饭,那里水族馆风格的装饰令人心旷神怡,我们讲述了分别后各自的生活。鱼儿们游来游去,自由自在地跳着。我们聊天的时候,经常拿着杯子,看着对方的眼睛。我们又去了夸力诺,他们的装饰风格是黑色的墙壁上挂着没有照片的相框,在那里我们一起跳舞,直到凌晨四点。

一晚上,沃利给我讲了无数个好玩的故事。都是些轻松的段子,正因为如此,我又恢复了活力。例如,他告诉我,他见过一个姑娘,有个不可思议的习惯——一喝劣质酒就打喷嚏,因此,她得到了一份工作,在一家酒品销售公司做品酒员。他还讲到另一个姑娘,她拒绝嫁给一个有口臭的男人,她妈妈劝她说:"好吧,你不可能什么都得到。"这些无伤大雅的小故事让我的心情好起来,重新找到了无忧无虑的感觉。

我也讲了哈勒姆街昆丁爵士那班人的趣事,还给他描述了生活在文学圈恶臭的边缘的感受。沃利搜肠刮肚地在想,他从哪里听说过老昆丁·奥利弗,"某个地方",他觉得我讲的事情特别好玩,但也强烈建议我换一份工作。"如果我是你,我肯定不干了,芙蕾尔。那样你会更快乐。"

我说,是的,可能吧。事实上,那天晚上,在我兴致特别高的时候,我选择留下来。我会选择现在的有趣而不是可能的快乐。我不太清楚我是不是特别想快乐,但我知道,我必须遵从我的天性。但是,我没有告诉沃利,不能告诉他。

我告诉沃利,我会带他见见了不起的爱迪温娜。

第二天早上,我没有起床。十一点左右,我醒来给哈勒姆街打了一个电话,说我不去上班。

贝丽尔·提姆斯接的电话。

"你有医疗证明吗?"她问。

"去你妈的。"

"你说什么?"

"我没生病,"我说,"我一整晚都在外面跳舞,就这样。"

"别挂,我让昆丁爵士接电话。"

"不行啊,"我说,"有人在门外等我。"

这是真的。我挂了电话,发现红脸的男仆站在门口,手上拿着一束琥珀色的玫瑰花,他后面站着清洁工,每次该交房租的时候,她就会进来打扫,尽管我不需要。她穿着粉红色裙子,系着白色围裙,色彩丰富的组合。我盯着他们看了一会儿,把清洁工打发走了,男仆告诉我,前一晚有人来拜访——"就是那位跟您男朋友结婚的、特别可爱的女士。我让她进您房间等您,她等了差不多一个小时。十点多才离开。"我推测是多迪。

我送走了男仆,数了数玫瑰花,这是沃利送的。十四朵。我很开心。我一直喜欢玫瑰花,但平常的一打总感觉是卖家统一定制的。十四朵让我感觉到特别的心意。

下午晚些时候,大约六点,我正打算起床,写我的新小说,克洛蒂尔德·杜·卢瓦雷男爵夫人的电话来了。"昆丁爵士,"她说,"很担心你,芙蕾尔。你身体欠安了?昆丁爵士觉得,我也许可以帮上忙。如果你有什么困难,你懂的,昆丁爵士主张绝对坦诚。"

"我请一天假而已。昆丁爵士如此体恤,实不敢当。"

"但是,就在这个时候,芙蕾尔,就像我说的,自传学会的事情简直一团糟,对不对?我的意思是,'巴克斯'·吉尔伯特有点过分了,对吧?当然,她手头拮据。我的意思,今天下午,我们大家坦诚地交流了这件事情。我刚离开他们。后来,昆丁爵士要举行祷告会,我亲爱的,真太尴尬啦。怎么办?我知道我有自己的私生活,我想你明白我所说的私生活是什么意思。但我反对别人为我做祷告。你知道吗?我很害怕昆丁。他知道得太多了。而梅茜·杨——"

"你为什么不放弃呢?"我说。

"什么?放弃我们的自传学会?好吧,我无法解释,但是我信任昆丁。我确信你也是,芙蕾尔。"

"哦,是的。我几乎感觉是我塑造了他。"

"芙蕾尔,你不觉得他和贝丽尔·提姆斯之间有点什么吗?我的意思是,有点特别的东西。我的意思是,他们关系特别好。你知道吗?今天下午,在祷告环节,昆丁可怕的老妈进来了,开始说些含沙射影的话。当然,她是个老糊涂,不过,也不一定。她说她喜欢你,芙蕾尔,我认为昆丁也很担心这一点。我的意思是,你真的把我们都写进小说了吗,芙蕾尔?"

七

我感觉自己进入了声音频道,却没听到声音,就像在收音机上调台,从一个节目转向另一个节目。我知道,哈勒姆大街活动频繁。埃里克·芬得利和多迪合伙对付维尔克斯夫人,他们有天早上一起抵达哈勒姆大街,昆丁去了当地的食品办公室,想为自传学会多争取些茶叶和糖的配额,但没成功。我记得很清楚,在那个场合,多迪不礼貌地问我是否有出版商的消息。我说我收到了一张打印的确认函,确认他们收到了校对稿,我现在就等着出版了。多迪说:"哦!"

有一天,维尔克斯夫人来了,她穿着色调柔和的衣裙,戴着面纱,拿着一把紫色的湿伞,她拒绝把伞交给贝丽尔·提姆斯。胖乎乎、乐呵呵的面孔不见了。我上次见到她的时候,注意到她瘦了,但现在可以明显看到,她要么生了大病,要么在减肥。她的脸上施有厚厚的脂粉,整个脸干瘪凹陷,显出长长的鼻子。她的眼睛很大,但目光涣散。她要我把传记里的名字改了,不叫维尔克斯夫人,改叫戴维兹小姐,她解释说,从现在起她得隐姓埋名才行,托洛茨基分子在全球都安插了间谍,企图找到她并谋杀她。我记得她正对我们说得起劲的时候,昆丁爵士进来了,派我出去办事。我回来的时候,维尔克斯夫人已经离开,昆丁爵士靠在椅子上,两眼半闭,一个肩膀前伸,一个肩膀靠后,两只手紧握于胸前,仿佛在做祷告。我正要开口问他维尔克斯夫人怎么了,他告诉我:"维尔克斯夫人禁食太严格了。"然后,他就关注别的事情去了。他很维护他的人。有一天,大约这个时候,我跟他谈起埃格伯特·德莱尼神父,说了鄙视他的话,因为他在电话里向我抱怨爱迪温娜不该进入会场。昆丁爵士崇敬地说："他有位祖先参加过博斯沃斯菲尔德战役①。"

因为昆丁爵士把自传从我手里拿走了，我的工作多半在处理其他常规的私人与商务事宜。他似乎在口述给老朋友的无关紧要的信件，我怀疑有些信根本就没有寄出去，因为他经常把它们放在一边，由他自己签名发送。我很确定，他现在很想在我心目中留下他很正常的印象。他表现出对在南非做生意的兴趣，因为他在信中提到了那里。他在格拉斯的别墅让他操碎了心，房子在战争期间被德国人占领了，他急于知道是哪些德国人占领的。"毫无疑问，一定是最高司令部和老卫队干的。"有一位油漆生产商在编一部厂史——《繁荣百年》，他很感兴趣，我帮忙做枯燥无味的校对工作。我怀疑他根本不需要我，只是让我接待那些会员，他们心血来潮的时候会来一趟或者打个电话，这种情况越来越多。

就在这段时间，他问我："你凭什么质疑《生命之歌》?"

---

① 英国内战玫瑰战争(1455—1485)的最后一场重要战役。

我忘记具体是怎么回答他的。无论如何,我无意和昆丁爵士讨论那么优秀的一部作品或其他作品。我只想知道他的目的是什么。除此之外,我在思考广义的自传性作品。从自传学会会员的个人往事记录中,我意识到,奇闻逸事和回忆录只有本身非常出色才有价值,或者它们是某件有趣的作品的一部分。纽曼或米开朗基罗的童年经历无论多么琐碎,也会很有趣,但是,谁会在意——又何必在意——埃里克·芬得利的管家和保姆,像埃里克·芬得利这样一个人?正是因为我发现他们的传记开头都非常无趣,所以我想把它们改得轻松活泼一些,几乎相当于他们所描述的事情发生在我而不是他们身上。至少,我让他们有幸写出自传,而不是心理分析的个案记录——他们多多少少就是这么干的。我让他们把自己写入虚构作品中。

现在这些自传都不在我手上,但我无所谓。都是枯燥无味的东西,全部都是。

我确信,他们生活中什么都没有发生,我还相信,昆丁爵士正往他们的现实生活里加料,而不是在纸上。如果以虚构的方式呈现,还可以在材料有限的基础上写出真实的东西。但是,如果诱使他们在现实生活中表达自己,反而导致作假。

什么是真实?我可以用他们的生平材料加上笑料和游戏,真实地把他们呈现出来,而昆丁爵士要他们做到坦诚以对,那会毁了他们。如果有人说,他们生活中什么都没发生,我相信他们。但你要理解,对艺术家来说,一切皆有可能。时间总能补救,万事皆有痕迹,奇迹总会发生。

后来我才了解到,他给所有人,包括多迪,分发一种名叫右旋安非他命的黄色药丸,他告诉他们,这药可以帮助他们熬过他要求的赎罪禁食。《沃伦德·蔡斯》里没有提到药丸。这是昆丁爵士自己想的,他担心没有外力相助,他的魔力不够。

就在他问我关于《生命之歌》的问题的同一天,他还把问题转向他的母亲。"妈妈,"他说,"是个麻烦。"

我正忙着把一张复写纸放在白纸和复印纸之间。

"妈妈,"他说,"一直是个麻烦。我得告诉你,塔尔博特小姐,妈妈如果执行什么诺言,为你留下遗产,请你一定不要当真。她很可能是老糊涂了。提姆斯太太和我——"

"名词'诺言'一般不和动词'执行'搭配。"我温和地插话说,尽量保持平静。我看到,他说这话的时候,按铃叫了提姆斯太太。门铃响了之后,她没有马上进来,对于我的岔开话题,昆丁爵士只是笑了笑,他继续说:"我知道你对我妈妈很好,周日带她出去玩,我保证,如果你缺钱,我会找到方式、方法做出补偿。这没有问题,如果你愿意继续,我们可以安排一下。只是,将来——"

"我已经为将来做好了准备,谢谢!"我打断他,"过去、现在、将来,我都不会贩卖友谊。"

"你要结婚吗?"他说。

我怒火中烧。我说:"我写了部小说,会取得成功。6月份就要出版了。"我不知道我为什么这么说,我只知道,我气疯了。实际上,我从未想过《沃伦德·蔡斯》会成功。我正在写的新小说——我的第二部,《万灵节》——是我现在最用心做的事情,是我最甜蜜的希望。我想,《沃伦德·蔡斯》为我第二本书抛砖引玉还是不错的。当时我不知道,但现在我知道了,我正在写的书在我心中永远是最好的。

但是,当我脱口说出"我写了部小说……"的时候,我没有心情去考虑我那些细微的想法。

"我亲爱的塔尔博特小姐,我们不妨实话实说。你是不是患上了夸大妄想症?"

我同时注意着四件事情。一,贝丽尔·提姆斯鞋跟敲着地板进来了,她打开门,一脸假笑地说,伯尼斯夫人在等着。二,昆丁爵士笑着打开写字台右手边的深抽屉。三,我耳边还响着他的话:"你是不是患上了夸大妄想症?"大脑在那一刻只注意到他用的过去时——他为什么不说"你是不是患有妄想症……"? 而这一套总体印象的第四个要素是,我意识到,他所说的"你是不是患上了夸大妄想症?"正是《沃伦德尔·蔡斯》中写的,一字不差。在写给虚构的英伦玫瑰夏洛特的信中,他教她如何质问玛乔丽,他实际上写道:"你这样对她说:'你是不是患上了夸大妄想症?'"——而书中的老普鲁登丝试图给学者普罗迪回忆祷告会上发生在希腊女孩身上的事情,她后来自杀了。我给普鲁登丝写的台词是:"哦,沃伦德很清楚,她的状况不太好。几天前,他才对她说:'你是不是患上了夸大妄想症?'"

我同时关注四件事情,仍然气愤难平。我认为我的愤怒提高了我的感知能力,因为,我站起来准备走的时候,扫了一眼昆丁爵士打开的抽屉。他迅速地关上了。我看到抽屉里有一叠长条校样。理智上,我可以判断是那个建于1850年的塞特贝里油漆公司的百年厂史。我只是从远处扫了一眼抽屉里折叠在一起的校样。不够近,没看清字体、行距或词句。可为什么我突然想到那就是《沃伦德·蔡斯》的校样呢?这个念头闪现出来,但是我没有多想,我记起了那个油漆厂的人。昆丁爵士的两套校样大约和我小说的一套校样差不多厚。

这一切都发生得很快。我怀着对昆丁爵士的满腔怒火站在那里,准备走出去。贝丽尔·提姆斯徘徊着等指令,昆丁爵士关上了抽屉说:"坐下,提姆斯太太。塔尔博特小姐,请坐一会儿。"我拒绝就座。我说:"我准备走了。"我看到贝丽尔·提姆斯戴着我送给她的胸针。她用手指摸着胸针说:"我要不要告诉伯尼斯夫人——"

"提姆斯太太,"昆丁爵士说,"介绍一下,你面前站着一位女作家呢。"

"什么?"

"一位畅销小说作家。"

"伯尼斯夫人已经等得不耐烦了。她要见您,昆丁爵士。我告诉她——"

这时,我已经收拾好东西,离开了房间。昆丁爵士跳出来追我。"我亲爱的塔尔博特小姐,你不要这样,千万别走啊。我说的都是好话。妈妈会很难过。提姆斯太太——我请你——塔尔博特小姐生气了。"

我说了晚安,就离开了,太愤怒了,没法再说什么。但是,我离开的时候,看到伯尼斯夫人站在客厅的门廊里,一副六神无主的样子,一改往日霸道的形象。她像平时一样精心打扮,但是,我从她身边走过的时候,扫了一眼,发现衣服很时髦,但穿着不当,眼睛周围胡乱涂抹,显得脏兮兮的。这是我最后一次见到她。我走的时候,听见昆丁爵士说:"啊,巴克斯,无论什么……"我自己当时满腹委屈,也没多想她最后的模样,但它印在了我的心里,所以现在还能清楚记起来。

我急着回家,还在为自己的愚蠢感到吃惊,竟然为《沃伦德·蔡斯》吹了那么大的牛,都不知道怎么会说出那些话来,"一部小说,会取得成功"。说了那句话,等于把自己置于任人摆布的境地。我并不觉得成功是一件羞耻的事情,只是,我当时没有想过《沃伦德尔·蔡斯》会成功。并且,我早就知道,成功不是我的人生追求,失败同样也非我使命。都是副产品。那么,我一路都在问自己:为什么我会入了昆丁爵士的圈套呢?我现在就是这么看的。他当时就这么说出了沃伦德·蔡斯的那句话:"你是不是患上了夸大妄想症?"

我把《沃伦德·蔡斯》放起来了。那是我的手稿,都写在大页书写纸上,我打印了一份,给出版商了。我没有复印一份打印版,没必要浪费纸。但我把手稿包起来,封皮上写着"《沃伦德·蔡斯》,芙蕾尔·塔尔博特著",放在衣柜最下面一层。

到家后,为了证实我没记错,昆丁爵士确实说出了沃伦德的原话,我决定把书拿出来,找到那两段看看。我心绪不宁,部分因为感觉自己真的患上了夸大妄想症,或被迫害妄想症,或其他妄想症。我在衣柜里我放手稿的地方竟然没有找到《沃伦德·蔡斯》,这下我可真是妄想症大爆发。那一大包手稿,和伦敦的电话号码簿一般大小,竟然不翼而飞。

我开始满屋寻找,疯狂地把东西翻个底朝天,包括我正在写的《万灵节》手稿,仍不见《沃伦德·蔡斯》的影子。我坐下来回忆。疯狂的大脑什么也想不起来。我站起来,开始非常细心地整理房间,非常仔细,每一件家具和每一本书都挪动过。我缓慢地清理,先把所有的东西搬到屋中间,再一件一件放回去,书、铅笔、打字机、食品盒和所有东西。做这些纯粹是出于迷信,因为一眼看去就能发现,装手稿的包不在屋里,但是,我找得如此仔细,仿佛我找的是一颗丢失的钻石。我找回了很多丢失的东西,旧信、半克朗硬币、以前写的诗和小说,但是,就是没有找到《沃伦德·蔡斯》。我把之前放进旅行箱的包裹都打开了:没有。

我小心地、愣愣地往玻璃杯里倒了一点威士忌,打开水龙头加了点水,坐下,慢慢地喝着。可能是清洁工给扔出去了。但是,怎么可能?明明放在衣柜里。她在这里干了好几年,从来不乱开别人的柜子和抽屉,从来没拿过别人的东西。并且,我总是交代她,注意我的纸张和包裹,她一直很小心,我放小说手稿的桌子,她连灰尘都不会掸,以防弄乱了。她经常抱怨我屋子太乱了,她无法下掸子。我开始慢慢回忆,自从上次我在衣柜里看到《沃伦德·蔡斯》的手稿，谁还来过这个房间。沃利做过短暂的停留，但只是来接我晚上出去玩。我在想：亚历山大一家会不会进来翻箱倒柜呢？绝不可能。莱斯利？多迪？我都否定了。有一会儿，我彻底忘了，我第一次和沃利出去跳舞的那天晚上，事实上，多迪在我不在家的时候来过我房间。但我是后来才想起来的。当时，我坐在那里想：我是不是疯了？《沃伦德·蔡斯》存在过吗？还是我幻想出来的一本书？

我拿起电话打给沃利。总机关了，我发现已近午夜。

想到沃利，让我恢复了理智。手稿丢了其实没什么大不了。打印稿和校对稿都妥妥地在出版商那里。我可以从利维森·多伊那里拿回打印稿。

我上床了，为了忘记烦恼，我开始翻看我喜欢的切利尼自传。果然能解忧，书中有他的艺术冒险和文艺复兴时期男性气概的呈现，他喜欢用他看中的材料制作高脚杯和雕像，他的牢狱生活、逃跑、与同行金匠和雕塑家之间的交易、杀人和斗殴，他陶醉在个人技能的方方面面。每一页都如魔法般吸引着我，直到现在依然如此：

……当然,所以,我可以信任他们,我密切关注着火炉,炉子里塞满了用铜和青铜片做的猪,都按工艺要求摞在一起——也就是说,不能压太紧,要让火苗绕着它们烧,因为这样金属就可以很快受热并熔化。接着,我兴奋地叫他们点燃炉火。他们堆起了松树柴棒。油性带松香的松木加上巧妙设计的、通风良好的炉子,火烧得很旺,我不得不一会儿这边,一会儿那边忙着添柴。虽然累得有点受不了,但是我坚持下来了。

重要的是,店铺着火了,我们担心房顶会塌下来砸在我们头上。然后,又……

我一页一页地翻,前前后后反复看,回想切利尼和他钟爱的艺术如何难解难分,他的行为颇有喜感地自相矛盾,谈起自己的作品,他总是特别自负。

……我到了皮亚琴察,在大街上见到了皮埃·路易吉公爵,他上下打量着我,认出我来。正是他导致我在圣安吉洛堡受尽冤枉,我一看到他就气不打一处来。我不知道怎样才能避开他,于是决定去拜访他一次。我到达他宅邸的时候,有人正将桌上的东西收走。兰迪家的男人和他在一起,这些人日后谋杀了他。我进屋的时候,他非常热情地招呼我,说了很多好话,例如,他对在场的人宣布,我是全世界这个行业最了不起的人……

所以,我也不再烦恼了,翻回开头几页,看到这部自传大作的开头一段:

> 所有的人,无论境况如何,只要做过有价值的事,或者貌似有价值的事,那么,如果他们是诚实守信的人,他们就应该亲手写出自己的故事。

总有一天,我想,我会写出我的故事。但是,首先我得生存。

> ……实际上,我仿佛觉得我比过去任何时候头脑更充实,身体更健康。回想那些愉快的事情,还有

那些无法形容的不幸遭遇,一想起来我就感到害怕,我问自己,我真的已经五十八了吗?谢天谢地,我还在路上,快乐前行。

有一天,我正在写我这一小段经历,还有二十世纪中叶,1949—1950年之间的那几个月的所有事情,我读到上面引用的这一段,回到1950年春天我的心境,当时我躺在肯辛顿屋里的床上读这一段。我在想,就这样把这本书翻来翻去,这里拿出一页,那里拿出一段,可以拼出无数迷人的诗作。我正在这样想着玩,突然一个真切的念头浮现在脑海:多迪知道我家里的东西放在哪里,一定是她,那天晚上趁着男仆让她在我房间等,拿走了那包手稿。

此时是凌晨两点多。我跳下地,穿上衣服。穿衣服的时候,我想起昆丁爵士写字台里的校样,还有我奇怪的一闪念——那就是我的。我冲进了寒冷的夜里,艰难地朝多迪家走去。我不知道是否在下雨,那些天我很少注意有雨。但是,我站在她窗户下唱《友谊地久天长》,感觉好冷。我怕吵醒邻居,但我非常激动。我唱的声音很低,大约能穿过多迪卧室的窗户,但是我不停地唱。别人的窗户亮起了灯,窗帘卷起,一个脑袋伸了出来。"这么晚了,你他妈别嚎了好吗!"我从街灯下走出来,这时,我看到多迪屋里的窗帘被拉向一边。借着路灯,我看见一个人的头,从窗口向外偷觑,但不是多迪的。我从人行道继续往上看,看清是一个男人的头。我推测是莱斯利。多迪愤怒的邻居回屋了,啪地放下了窗帘,他窗户里的灯灭了,只一闪,我看见多迪屋里的男人不是莱斯利。那人方脸,光头,上了年纪。我感觉像利维森·多伊,我的出版商。

我快速往回走。我说服自己,是我看错了。我确实满脑子都是《沃伦德·蔡斯》,很有可能,我丢了手稿,老是惦记着。

说说多迪,尽管她是典型的英伦玫瑰,但总是表现得像一位虔诚的老派天主教徒。我深信是她拿走了我的《沃伦德·蔡斯》,但拿不准她是半开玩笑呢,还是一时正义感爆棚。她完全可能把她认为邪恶的书烧掉。但我感觉她不至于连我的手写稿也要烧掉。我对多迪的认识是,她一般不会伤害他人,只要她意识到需要真诚,也还算真诚。我想,她是不是把我的小说拿去给了别人——某位加尔默罗牧师,询问他毫无疑问的反对意见,或者给了莱斯利,为了邀宠,给他看他从来没看过的最后一部分。我猜来猜去。到家后,我最想知道的是,跟多迪过夜的人是谁。不是她的父亲,我见过他。我想可能是位年纪大的叔叔。但我总是回到我看过一眼的利维森·多伊的方脸和光头上来。

但是,两种情况似乎都不可能:多迪不可能有个情人,利维森·多伊这个年龄也不可能做她的情人。

我一夜没睡,那两个不可能一直困扰着我。至于多迪,我看到桌上的证据,她曾经送给我的折叠卡片,我在翻找我的手稿包时找出来的。这就是典型的多迪。她花了两先令六便士给我报了名,得到这张卡片,片头写的是"兰塞姆夫人公会",后面的解释是"为英格兰皈依。耶稣让英格兰皈依。愿得圣母、圣格雷戈里和英国殉道者的庇佑"。我坐着,看着这些话,欣赏着多迪的虔诚。卡片里面写着:"座右铭:为了上帝、圣母和天主教信仰。"紧接着写的是:"守则:1. 按公会规定,每日祷告;2. 为公会的目标而工作;3. 每年至少向兰塞姆基金会捐出两先令六便士。芙蕾尔·塔尔博特(多迪的笔迹)自愿加入兰塞姆红十字会。部分免罪:1. 七年和七个四十天。2. 一百天。"

如此这般,各种免罪的规定,炼狱里的灵魂,还有多迪的其他唠叨。

我也是天主教徒,但不是这一种,完全不是。如果像多迪说的那样,我在拿我不朽的灵魂做可怕的冒险,那我也做不到她说的那些。我要创作小说,还要过日子,且充满信仰。我只是没有时间和心态参加公会和免罪活动、斋戒和节礼,还有纪念日活动。我一直认为,在宗教问题上,制造更多困难出来是不对的。

我说这些,是因为有个男人的头,又不是莱斯利的,凌晨两点三十出现在多迪的卧室窗口,我感觉这有点不可思议。我一细想这件事,利维森·多伊的头就出现在我脑海里。我只见过他几次。这可能吗?我开始反思,我可能误判了他的年龄。我以为他六十岁上下。事实上,我能肯定他在六十岁左右。想来想去,那不可能的事还是有可能的。我的印象里,他不是一个性活跃的男人,但当时我真的没有从这个角度去看他。可能性是存在的,但是,当然,多迪宁愿去死也不愿意背叛仍然在世的丈夫。她认为这是罪孽,如果她没有得到赦免就在街上被车撞死,她会直接堕入地狱。我知道她的想法。这是不可能的。然而,当窗外小鸟开始在肯辛顿初春的黎明中鸣叫的时候,多迪的不忠也是完全可能了。

我猜测,她见利维森·多伊可能是为了出版莱斯利的小说。她可能为了莱斯利的书献祭了自己。她是个漂亮女人,利维森·多伊,六十岁也好,七十岁也好,可能愿意跟她上床。这些都不合常理,但是又完全可能。我结束了我的推理,结论是,事情也不是那么不合常理,真的完全可能。我还是不能肯定,多迪到底有没有拿走我的《沃伦德·蔡斯》。如果她拿了,她拿去干什么呢?凌晨五点了,我把闹钟定在八点,上床睡了。

八

早上第一班邮件给我送来一封信,装在帕克-利维森·多伊有限公司的信封里,我睡眼蒙眬地打开信。

亲爱的芙蕾尔(请允许我这样称呼您):

事关您的小说《沃伦德·蔡斯》,出现了一点小问题。

我想,在进一步合作之前,我们还是先见个面商量一下,因为有些细节过于复杂,无法在信中解释清楚。

请在您方便的时候,尽早电话联系我,确定见面时间,共商良策,解决这个棘手的问题。

此致,

敬礼!

利维森

这封信吓着我了。典型的越焦虑不安越是会出事。现在是八点四十五分。帕克-利维森·多伊公司十点才上班。我决定十点半打电话给他们。我把那封信读了又读,越读越有不好的预感。我的《沃伦德·蔡斯》出了什么问题?我一句一句地分析那封信,一句比一句糟糕。半个小时过去了,我决定找人聊聊。我不想回哈勒姆街去看闹剧了。没收到那封信前,我已经决定在白天晚些时候溜达回去,把我的东西收拾收拾,跟爱迪温娜说再见,再找份工作去。

我和利维森·多伊约好那天下午三点半见面。在电话里,我试图探探他的口风,问问我的《沃伦德·蔡斯》有"什么问题",但他守口如瓶。听上去,他情绪不好,非常不友好。他称呼我为塔尔博特小姐,忘记他曾请求称呼我芙蕾尔。我当时不明白,现在才明白,和出版商治不好的精神分裂症相比,作者习惯性的妄想简直算不了什么。

利维森·多伊在电话里明显因某件事而表现得很紧张,我猜测是不是我的书会让他赔钱,他是不是想修改合同条款,或者让我修改小说里特别重要的部分,做完各种推测,我决定,坚决不同意修改我的作品。我想,是不是西奥和奥黛丽在送回校对稿的时候,对出版商讲了他们对那本书的反对意见。我曾经给他们写过一封短信,感谢他们帮我校对,多迪恶毒转告我的西奥和奥黛丽说我的那些话,我也不信,他们一直对我很好。但是,那天早上,一夜没睡,前一天又过得很糟,我完全无计可施。打电话到克莱门特家,女仆接了电话,我请求让西奥或者奥黛丽接电话。女仆回来说,他们在书房里,没空接电话。

我回到床上,到了下午,我感觉可以见利维森·多伊了。我已经恢复精神,很期待这次见面,他有可能是多迪或者其他人的床伴,我很好奇,希望从这个角度再见到他。我正好有时间顺路去一趟肯辛顿公共图书馆,在《名人录》里查了下他的年龄。1884年出生。他有过两次婚姻,有一个儿子、两个女儿。上公共汽车的时候,我算出他六十六岁。不像现在,我当时觉得这个年龄挺老的。在办公室见到利维森·多伊的那一刻,我确定,在多迪的窗口看到的就是他的头。他用手指着一把椅子,我坐下了。不知道多迪有没有告诉这只老山羊,凌晨两点钟唱《友谊地久天长》的人很可能是我。同时我在想,无论多迪看上他什么了,但肯定不是性吸引力。

"好吧,"他说,"我希望您明白,我们认为您的作品很有价值。"我注意到他用"我们"这个词,感到不安。当初他考虑出版《沃伦德·蔡斯》的时候,经常在"我"和"我们"之间慌张地切换。为表达他对年轻作家新作的热情和急切的心情,他在聊天和书信中都用"我"。为强调出版此书他所承担的风险,他总是用"我们"。现在我们的关系又回到"我们"了。

"据我们了解,您在写一部新作?"

我说是的,书名准备叫《万灵节》。

他说,这个书名听起来好像火不了。"当然,"他说,"我们可以换个书名。"

我说,不用换。

"哦,好吧,我们有选择权。我们以后再讨论书名的事。我们在争论,目前先不出版《沃伦德·蔡斯》会不会更好。您明白,第一部小说纯粹是个尝试,对吧?同时,我们提议,您能不能让我们看看第二部小说的开头几章,您的《愚人节》——"

"是《万灵节》。"我说。

"《万灵节》,对,哦,的确如此。"他好像被逗乐了,我趁着他笑的时候问他,《沃伦德·蔡斯》有什么问题。

"我们不能出版它。"他说。

"为什么不能?"

"幸运的是,我们及时发现了这本书存在大部分第一部小说都有的问题,唉,它太接近现实生活了。啊,您看,您知道,小说中的人物直接来自您就职的自传学会。我们已经,真的,已经调查过了,我们手上有不少证据可以证明这种相似性。眼下,您的雇主——昆丁·奥利弗爵士威胁要告我们。他派人来要校样,我们自然就给了他一份。您把他们写成阴险的人,您把他们写成脆弱、虚伪的可怜虫,您把昆丁爵士写成邪恶的控制狂和仇女狂,他逼一个女人喝酒,让另一个——"

"我遇到昆丁·奥利弗爵士之前就开始写这部小说了。这个人一定疯了。"

"他威胁说,如果我们出版,他就告我们。昆丁·奥利弗爵士是位大人物。我们不能冒这个险,他会以诽谤罪起诉我们。这个主意……"他用双手蒙住眼睛,过了一会儿,接着说,"这事办不成了。但我们认为您是位很有潜力的作家,塔尔博特小姐——芙蕾尔,请允许我——我们是否可以为您的第二部小说提供一些指导意见,我们有丰富的经验,可能的话,我们把合同换一下——"

"我不需要你们的指导。"

"您是我认识的第一位不愿意接受编辑帮助的作者,咱们私下说哈。请您记住,"他说,把我当成一个永远不会对任何事有厌恶感的人,"作者是出版商的原材料。"

我说我得先咨询我的顾问,站起来准备离开。"我们对此很难过,非常难过。"他说。我再也没见过这个人。

我到家之后才意识到,我唯一的一份《沃伦德·蔡斯》打印稿还在他那里。我得先问下索力·门德尔松的意见,再去要回我的打印稿,我怕把合同搞砸了。我有点希望索力会有什么办法,让他们回心转意,但同时我也知道,我不能再跟帕克-利维森·多伊打交道了。震惊、失望,太突然了,我没能立马想到把纸质书拿回来。但我回家后就想到了,我给利维森·多伊打了电话。他的秘书接的。他很忙。她可以帮忙吗?我拜托她给我寄一套校样来,因为我的手稿被我弄丢了,我想再把《沃伦德·蔡斯》看一遍。"您等一会儿。"她礼貌地说,然后离开了几分钟,我想她是去请示了。她回来告诉我:"对不起,已经拆版了。"

我当时还不懂印刷机的专有名词,于是我说:"分发给谁了?"

"没有分发给谁,我的意思是拆版。我们不会印这本书了,塔尔博特小姐。"

"那校样呢?"

"哦,校样自然被销毁了。"

"谢谢!"

第二天晚上,我打通了索力的电话,他在办公室里。他让我去弗利特街的一家酒馆和他见面,他从办公室来,我们快速商量一下。

"不是他们告你诽谤,"索力若有所思地说,"你应该告他们污蔑你的作品涉嫌诽谤,如果有白纸黑字的记录。但是,这样做花费很大。你最好拿回你的打印稿,告诉他们,拿着合同擦屁股去。下一部作品也不要给他们。不要担心。我们会找到别的出版商。但是,先把打印稿拿回来。你有这个权利。合法权利。你真是个大傻子,竟然没有留一份。"

"好吧,我有手稿,谁知道多迪或什么人会将它偷走呢?"

"要我说,"索力说,"就是多迪偷的,没错。对你的小说,她的所作所为就像个大傻子。但是,这是好事,如果人们对一部作品表现得像傻子,这是好现象。"

我看不出这是好现象。我快十点的时候到家。我计划第二天从出版商那里拿回我的打印稿,也准备从多迪那里找回我的手写稿。那天晚上,我无法清醒地面对所有版本的《沃伦德·蔡斯》都已经被毁的结局,但这种可能性噩梦般笼罩着我——可能,在这个世界上,无论哪里,任何地方,《沃伦德·蔡斯》都不存在了。

这时,电话响了。是爱迪温娜夫人的护工。

"我一下午都在给您打电话,"她说,"爱迪温娜夫人在找您。我们今天过得很糟糕。提姆斯太太和昆丁爵士一大早就被叫走了,因为他可怜的朋友伯尼斯·吉尔伯特夫人去世了。然后他们回来了,要找您。后来,他们又出去了。爱迪温娜夫人笑得死去活来。是歇斯底里发作。她现在睡着了,我给她吃了药。但她需要尽快见您——"

"伯尼斯夫人是怎么死的?"

"恐怕是,"护工的声音在发抖,"她自杀了。"

九

当时,我很肯定,无论昆丁爵士的企图是什么,我算不上受害者。我根本不适合这个角色。伯尼斯·吉尔伯特的自杀把我吓坏了,同时也让我更坚强。

第二天早上,我去了哈勒姆街。确定无疑,昆丁爵士不仅利用他的影响力阻止《沃伦德·蔡斯》的出版,他还利用并盗走了我的神话。没有神话的小说就不是小说。真正的小说家会认为小说是连续的诗歌,小说家是制造神话的人;小说艺术的神奇之处在于,讲故事的方法是无穷无尽的,创作方法本身就带有神话的性质。

我确信多迪帮昆丁爵士弄到了一套《沃伦德·蔡斯》的校样让他读,后来证明我是对的。我对这部小说太大意了,首先,我就不应该让多迪知道它的存在。从那以后,我再也没有在我的作品出版前把它们拿给朋友看,或者读给他们听。但是,当年,把作品读给彼此听,并展开讨论,是我们的惯常做法,我了解的文学创作就是这样的。

在哈勒姆街的那间公寓里,提姆斯太太正用白色的手绢擦拭眼角。"你昨天到哪儿去了?我们正需要你,"她说,"昆丁爵士非常难过。"

"他在哪儿?"

她被我的语气吓了一跳。"他得出去一趟。尸检定在今天下午。可怜的——"

但我已经进了他的书房,砰的一声用力把门关上。我直接走向抽屉,我曾看到过里面的校样。抽屉是空的,只有几把钥匙。其他的抽屉都上了锁。

接着我去了爱迪温娜的房间。她坐在床上,面前放着餐盘。护工在爱迪温娜的洗手间洗东西,洗手间和卧室相通。她从门口探出头来。

爱迪温娜现在算是清醒的。她说:"是自杀。就像你小说里的那个女人。"

"我知道了。"

我坐在她的床边,给帕克-利维森·多伊公司打电话,让他们把《沃伦德·蔡斯》的打印稿给我寄来。

"请等一下。"接电话的女孩离开了好几分钟,我趁此告诉爱迪温娜,我的书不会出版了。

"哦,当然要出版,"爱迪温娜说,"我来想想办法。我的朋友——"秘书过来回电话了。"打印稿恐怕已经被销毁了。多伊先生放在桌上等您拿,您没有拿走。他以为您不要了呢。"

"我没看到他桌上有书。我肯定桌上没有。"

"呃,多伊先生说他拿出来准备给您。他说他已经扔了。我们没有地方保存手稿,塔尔博特小姐。多伊先生说,我们对手稿没有责任。合同里已经明确。"

"告诉多伊先生,我会见我的律师。"

"你做得对,"我挂了电话后,爱迪温娜说,"告诉他们,你准备见律师。"

"我根本没有律师。见律师也没用。"

"但是,你让他们不得不想一想这个可能。"爱迪温娜说。她从餐盘里拿了一块脆吐司,涂上黄油,递给我。我吃得津津有味,想着怎样才能把《沃伦德·蔡斯》从头到尾再写一遍。但我知道这是不可能的。如果所有的版本真的被全部销毁了,包括昆丁爵士弄到的校样,有些自然而然的东西将一去不复返。我没有告诉爱迪温娜,是昆丁爵士造成我的书不能出版。总体上来说,老太太能正确看待自己生了一个逆子这个事实,多说无益。后来,她坐在轮椅里,戴着珍珠,穿着黑色绸缎衣服,很安静但精神不错地参加昆丁爵士的葬礼,我也想到,她能很勇敢地接受无法改变的事实。

那天早上,坐在爱迪温娜的床边,吃着她不停为我涂上黄油和果酱的面包片,我感觉很好。还有那有了些年头的星条旗,她修长的、戴着首饰的手在小小的瓷碟间穿梭。

贝丽尔·提姆斯进来过一次,"看看一切是不是正常"。那位护工,费希尔小姐,是个善良的人。她从洗手间出来,告诉她一切都好。爱迪温娜瞪了贝丽尔·提姆斯一眼。我继续津津有味地吃东西。

"我想,"费希尔小姐说,"可以再叫一壶茶,再拿一个杯子来。"

"哦,芙蕾尔可以来厨房,和我一起喝早咖啡。"

"护工已经说了要茶,"爱迪温娜说,"给我们端到这里来。"

"芙蕾尔有事要做。我们不能耽误她工作,是吧?"那位英伦玫瑰说,"您知道的,费希尔小姐昨天下午没有休息。我们希望芙蕾尔今天下午能值班,是吧? 我今天下午得和昆丁爵士一起参加尸检。所以,您和芙蕾尔可以一起喝下午茶,对吗?"

她没有一个字是对我说的,但是我想到一个计划,有机会和爱迪温娜单独在公寓里待几个小时,想想都让人兴奋。费希尔小姐说:"哦,在这种时候,我不敢离开爱迪温娜夫人。"我赶紧插话说,我很愿意准备下午茶并照顾爱迪温娜夫人。

"费希尔小姐需要休息。"贝丽尔·提姆斯说。

"提姆斯太太说得对。"我说,这可能是我第一次,也是唯一一次这么说。

就这样定下来了。费希尔小姐端着一盆刚洗完的东西跟着提姆斯太太走出了屋子。我给索力·门德尔松打电话。

我本不想白天给他打电话,因为他值完夜班,早上多半在睡觉。我还总是以为,他有别的私生活——一个我们没见过的女人,他空余时间跟她在一起。这种事情,没人愿意去了解清楚,索力这个人,有些事情,连他真正的朋友也无法涉足。但我至少知道,他从不把电话听筒拿下来,怕万一他报社的新闻办公室来电话。情况紧急,我试着打过去。他接了电话,但还没睡醒。他听到我焦急的声音,简单说了要他做的事情,无须更多解释,索力答应一切按我说的做。

索力三点四十五到达哈勒姆街,他高大、强壮、胡子拉碴,裹着围巾,背着一个巨大的棕色旅行包,看上去像个盗贼。爱迪温娜坐在客厅的椅子上。

昆丁爵士没有回公寓来,他要和贝丽尔·提姆斯在尸检处见面,验尸官要求对精神失常而自杀的伯尼斯·吉尔伯特进行尸检。但是,贝丽尔·提姆斯刚离开,我就把昆丁爵士的书房查看了一遍。还是没找到《沃伦德·蔡斯》的校样。但是那个没有上锁的抽屉里的钥匙能打开柜子,昆丁爵士总是说,柜子里面"都是秘密"。

一个一个的抽屉里面都装着文件——昆丁爵士为自传学会会员们做的笔记。有维尔克斯夫人的,还有克洛蒂尔德·杜·卢瓦雷夫人、梅茜·杨、埃格伯特·德莱尼神父、埃里克·芬得利爵士和已故的伯尼斯·"巴克斯"·吉尔伯特,前驻萨尔瓦多临时代办阿尔弗雷德·吉尔伯特爵士的遗孀的……我对这些文件很感兴趣。有一份文件标着"贝丽尔,提姆斯太太",我略过没看。我决定拿走这些文件,作为抵押品,换回我的《沃伦德·蔡斯》,我十分肯定是昆丁爵士安排多迪从我房间偷走的。

然而,我在等索力的时候,顺便翻了翻其中一份回忆录,好奇昆丁爵士把它们从我手里拿走后,到底加了些什么。我有足够的时间，一个一个地翻看，尽管没有以传记的形式加入什么，但是，里面夹了不少小纸条，有些是打印的，有些是昆丁爵士手写的，上面熟悉的段落，几乎都是直接从我的《沃伦德·蔡斯》里剽窃的。

索力按了门铃，我关上了装满秘密的柜子。爱迪温娜穿着华丽的衣服，看到他高兴地叫起来。我让他坐在她身边，他完全不知所措，我对他们二位说："我准备把自传学会的回忆录带回家去修改。那些传记需要增加一些文学色彩。"

索力好像开始明白了。神奇的是，爱迪温娜好像神奇地想到了连我也没想到的东西，因为她说："这主意太棒了！那样会避免更多的悲剧。可怜的'巴克斯'·吉尔伯特！"

我告诉索力，伯尼斯夫人自杀了，此刻正接受尸检。我拿走了他的袋子，让他和爱迪温娜待在一起。

我把文件都放进索力的袋子。这是一件令人高兴的事。我觉得偷东西真容易，我想到昆丁爵士盗窃了我的书，不仅是指纸质的书，而且还有字、词、思想。即使是匆忙看了一下，我竟然发现他剽窃了我编的一封信，是书中的沃伦德·蔡斯写给另一个人物玛乔丽的。袋子好重。我把它拖进大厅,放在大门口。

我回到客厅的时候,索力点燃了那个漂亮的银质酒精炉,上面放着爱迪温娜用来煮下午茶的壶。还没到喝下午茶的时间,但爱迪温娜总是,用她自己的话说,"疲倦得想喝茶"。茶点有抹了黄油的司康,还有饼干,索力已经开始吃了。爱迪温娜说:"那些文件呢?你都放进袋子了吗?"

我说,都放进去了。我说,昆丁爵士一时半会儿还不会发现,毫无疑问,但他会认识到,我在家修改,状态更好。

"拿走吧,亲爱的!"爱迪温娜尖声说。接着她说:"如果你不采取行动,你永远也不可能拿回你的小说。"

索力接着说:"你还是连一本都没找到吗?"

"没有,"我说,"所有的版本都消失了。"

"我知道,"爱迪温娜说,"我就是知道。他们认为我不知道这个屋子里发生的事,因为我大部分时间都在睡觉。但是,我没有睡。"

她继续报出她认识的出版商的名字,她认为,只要她打个招呼,那些人都愿意出版我的书。有些人是真的,只不过已经死了半个世纪。但是,我们不去想那些,喝下午茶的时候,我们很乐观。

昆丁爵士和提姆斯太太回来了,比我想象的早很多,索力还没有离开。

"是谁的?"昆丁爵士进屋的时候说,"门厅里那个袋子?"

"是我的。"索力站起来说。

"冯·门德尔松男爵,"我说,"他只是路过。请让我介绍一下,昆丁·奥利弗爵士——男爵——"

"哦,请,请,亲爱的男爵,请坐……"昆丁爵士像往常一样,一听到爵位,立刻变得很兴奋,对着脸都没刮的索力一番客套,请他坐,请他留下,不要走。

但是索力,面对新得的爵位,泰然自若,不为所动,说了一圈再见,一瘸一拐地走了,在门口还打了一个趔趄——他没想到袋子那么重。

"精神失常而自杀,"昆丁爵士回屋之后说道,"服了过量的安眠药,快速喝下了一品脱威士忌。我得想办法让死亡证明写得体面些。"

"告诉他们，"爱迪温娜喊道，"用他们的死亡证明擦屁股去吧。"

"妈妈！"

我很快也离开了。为了赶上索力，我打了辆很贵的的士回家。

十

不要以为学术性的概括就能涵盖一部小说的独特之处和情感。我写这本书的参考资料杂乱无章，我不可能三言两语重写《沃伦德·蔡斯》。无论如何，重点并不是要不要尝试为读者减少阅读的麻烦。

但我肯定能达到我的主要目的，那就是讲述昆丁·奥利弗爵士如何策划将《沃伦德·蔡斯》这部小说销毁，但他同时欣赏小说的故事精髓，于是拿去为他自己所用。我可以指明他是怎样剽窃我的文本的，我要把一个果的因写出来。

我记得我小时候按要求在抄写本上面抄写过"需求

是创造之母"这句话。第一行印着漂亮工整的手写体范本。为了提高我们的书写技巧,我们得在下面各行抄写这句格言。我很认真地抄写,不知不觉间,不仅我的书法有了进步,还潜移默化地学到了社会伦理学的重要一课。还有一条,"闪光的未必都是金子",还有一条是"诚实才是上策",我还记得"谨慎乃大勇"。我得去证实这些格言,当年我太浮躁,没有认真思考,只会认真地画出连体P和V上面的小钩,让我吃惊的是,事实证明,它们都很有道理,虽然没有《摩西十诫》那么伟大,但更切合实际。

需求是创造之母,所以,一点也不奇怪,索力把他从哈勒姆街背回来的一大包麻烦丢给我就走了之后,我做的第一件事就是给朋友们打电话,提醒他们,我正在找工作。

播完这些种子,我把那一包传记暂时丢进了衣柜底层。我开始制订计划,找回我被偷走的《沃伦德·蔡斯》手稿。我想过给多迪打电话,直接指出她偷窃了我的手稿。谨慎乃大勇,我艰难地忍住了。我感觉到,她已经不是以前的多迪,那时候,我们算是朋友,偶尔吵上一架。有些事情改变了她。几乎可以肯定,有昆丁爵士的影响。

我曾经把她的传记撕毁了,我希望她接受了我的劝告,拒绝再写回忆录交给昆丁爵士。

我开始想多迪、昆丁爵士、利维森·多伊这些人对我和我的小说实施的暴行。我尽力想象,他们会有各种说辞来为自己的行为辩解:我疯了,那本书很疯狂,那本书很邪恶,那本书造谣诽谤,应该被禁止出版。我想起约翰·亨利·纽曼日记里的"……一千个反对我的声音在窃窃私语"。一想到这个,我立即决定不再胡思乱想了。到此为止。翻篇儿。

这时候,像以往一样,当我沉思的时候,头脑里产生了一个行动计划。我认为,到目前为止,多迪还没有在昆丁爵士催眠式的影响下把我的书销毁,但我也没有想好,会不会有打草惊蛇的风险,反而可能给了她销毁书稿的时间。我下决心,要想办法把我的《沃伦德·蔡斯》偷回来。那么,我得先有多迪公寓的钥匙,还要让她离开公寓几个小时,不用担心她随时会回去。还有,我得确定,莱斯利不会在我搜查公寓的时候突然闯进去看到我。我非常兴奋。很像在写小说,我有意识地把这些计划保存在大脑的另一个地方,将来好写进我的小说《万灵节》,后来我也这么做了,只是我的方式比较隐晦。经常有人问我,我写小说的点子从哪里来。我只能说,我的生活就是如此,我把它变成小说中的经历,只有我自己能看出来。他们指责我的《沃伦德·蔡斯》涉嫌诽谤自传学会的人,我很愤怒,部分原因是,即使我是在去昆丁爵士那里上班之后,而不是之前,塑造出了这些人物,即使我被这些可怜人打动,把他们写入了小说,也没人能认出他们,他们自己也认不出——就算认出了,也不存在诽谤的问题。我的情况就是如此,我是位艺术家,不是记者。

回到我的计划。我需要一个同伙,可能两个。我需要的同伙要么绝对忠诚,相信我所做的事情是合法的,要么不太清楚我的计划内容是什么。

首先,我想我能不能从莱斯利那里把公寓的钥匙哄骗到手。我想我能做到。我自信我对莱斯利的性吸引力就足够让他按我说的做。这需要时间,需要我自己的努力。努力这一部分让我最终放弃了这个想法。

倒不是我想象不出,这种情况我可以安排的,我发现和莱斯利上床并不难,因为他真的很有男性魅力。我可以这样做:让他给我拿本我需要的书来,过去我经常这么干。我也可以说我读不懂纽曼的一段话,希望他能帮忙,过去我需要参考书的时候经常这么跟他说,那时,我给教会的报纸和文学杂志写很长的文章,很用心,但报酬很少,文章倒经常很受欢迎,这样,我就成了个半途而废的纽曼研究权威,总是有纽曼的书评可以写。但是,我又不能直接找莱斯利借钥匙——我也不能只是实话实说,让他站在我这一边——这一点彻底打消了这个念头。当然,我又得跟他上床,找回过去的亲密感,这样我才能对他诉苦,或者说出部分难处。我想,这样不行的。我如果和他共度晚间时光,那么让他留宿就是很自然的事情,这样不行的。我让他英俊年轻的脸淡出了我的脑海,他比沃利·麦康纳奇英俊多了。沃利的脸骨架很大,沃利还有点胖,虽然不是大胖子,但绝不像莱斯利那么灵活。但是,随着莱斯利的脸淡出,沃利的脸进入了我的脑海。我越来越喜欢沃利。

我又想起了一件事:很奇怪,如果一个人把他的朋友们放在不同的情境下加以想象,他会更清楚地了解他们。此刻,我就想到了沃利——如果我告诉他关于《沃伦德·蔡斯》的事,告诉他多迪(他不认识她)说这本书很疯狂,告诉他西奥和奥黛丽·克莱门特(他认识)的奇怪表现,告诉他出版商未经证实就以该书涉嫌诽谤而取消了合同,他会怎么看呢?——如果我把这些都告诉沃利,还有,昆丁爵士剽窃我的小说,多迪有可能偷走了我的小说,而我偷走了那些传记——把这些都告诉沃利,好像不大可能。可以讲一件事,但不是全部。我放弃了沃利,因为我本能地知道他会如何反应。我想象我这么说:"沃利,你知道,伯尼斯·吉尔伯特的自杀很像我小说中一个人物的自杀。"沃利会说:"是这样的,芙蕾尔,这事有点奇怪,你懂的,可怜的'巴克斯'·吉尔伯特一直有点……好吧……"他脑海里永远有句对自己说的话,和他的生活、工作及社会地位有关,一句警告的话:不要掺和这件事,沃利。他会对自己说:这些作家,这些放荡不羁的人。他会对我说:"如果是我,我会选择放下,芙蕾尔,我真的会。我敢说,你的手稿会找回来的。"

或者假设我说(我认为我有可能这么说):"沃利,请你带我朋友多迪去剧院好吗?我会安排好。我想去搜她的公寓,找我的小说。"沃利很可能会说,"如果我是你,我不会冒这个险,亲爱的芙蕾尔",意思是:我不想冒险把自己牵扯进……一件丑闻……

我永远也不知道实际上会发生什么。但是,实际上,我不会找沃利帮忙。沃利是个小可爱,我要留着他,我们在一起有过快乐时光,将来也许还有。这就意味着,让他留在上天为他准备的生活圈子里,和我这些极端神秘、有点不真实的烦心事保持距离。

我正想到这儿,沃利打电话来了。他"刚忙完",我在忙吗?"刚忙完"是沃利经常使用的词汇之一,他可能刚下班,刚参加完活动。我从来不问。但在我的一生中,我注意到,外交部的人见面喜欢说这句话:我刚忙完。别人也不敢问在哪儿忙,有可能是"绝密"。总之,我说,没有,我正闲着呢,没有呢,我还没吃饭,刚喝了一口茶。我们约好,我最好在半小时之内准备好,他来接我,我们去苏荷吃饭。他挂电话之前说:"巴克斯"·吉尔伯特的事真糟糕!

我说,真可怕。

我出门之前把衣柜的门锁了,带上了钥匙。

沃利吃饭的时候提起"巴克斯"·吉尔伯特。

"聚会后你见过她吗?"

"只见过一次,非常短暂,就在她去世的那天。她来到哈勒姆街。她看上去有点不安。"

"为什么不安?"沃利说。

"哦,不知道,我完全不知道。"

"我很内疚,"沃利说,"我想,当一位朋友选择自我了断,大家都会内疚吧。大家会觉得,本来可以更尽力做点什么。如果大家知道会这样,一定会尽力的。"

"但你并不知道。"

"我本来可以知道。她给我打电话,留了言。就在聚会后的几天。办公室里的人记下了留言,让我回电话。他说她听起来不太正常,这让我很为难,恐怕是这样。我真的应付不了。巴克斯是位依赖性很强的女性,你懂的,她曾经很黏人。我做不到。"

"也许有人令她心情沮丧。"

"我也在想这件事——你为什么这么说?"

"直觉吧,我是个小说家,你知道的。"

"嗯,你可能是对的,"他说,"因为聚会之后那几天,她还给别的朋友打了电话。我知道的有三个。当然,他们受不了。每个人要么不回电话,要么找个借口。"

"那些人都参加了聚会吗?"我说。

他想了想。"是的,"他接着说,"他们都参加了。你问这个干什么?"

"她可能在测试他们,看看她到底有没有朋友。可能那就是她召集聚会的目的。有人可能怂恿她这么做,给她设套,让她相信自己没有真正的朋友。"

"哦,天呐,芙蕾尔,我说,你真能想象。哦,天呐,我希望这都不是真的。我去参加聚会是因为,好吧,去鸡尾酒会看个热闹。又刚忙完。哦,天呐,她肯定不是在测试我。"

我为沃利感到抱歉。我后悔把想法说出来了。我在想《沃伦德·蔡斯》里面自杀了的希腊姑娘。但是,我说,很明显,伯尼斯·吉尔伯特有不为人知的焦虑。"没人能帮到这种人,没人。"我说。"最后判断是因为精神失常而自杀,沃利,"我说,"大部分自杀都是这样,别人帮不了他们,沃利。"

"我在想,事实上,"沃利继续说,"她怎么可能举行如此奢侈的招待会,场面真的很大,对吧?她没有钱,你知道的。有一半的东西都来自黑市。到场的应该有三百人。你记得吗？我们离开的时候，还有人去。"然后，沃利很快镇定下来，对我露出笑容。他靠向桌子，握着我的手。"我们不要这么阴暗，高兴一点，"他说，"不管怎么说，我们是在可怜的巴克斯的聚会上开始在一起的，对吧？"

"是的，真是这样。"

"所以，我不能后悔我参加了。"

我告诉沃利，我要辞职了，正在另找工作。

"那应该喝一杯。你愿意来伊伯里街喝一杯吗？"

我说我真的熬不了夜。我的意思是一夜不睡。

"好吧，我们可以去石像酒馆。去不去石像酒馆？"

我犹豫了。后来我答应去，但是，我得先回趟家，拿点东西。沃利同意了，他一点不在意，我猜他以为我来月经了。实际上，我想回屋看看立柜里那一袋自传还在不在。多迪很容易混进我屋里去。她给了男仆一些"小花"①的圣像，赢得了他的好感。我知道，昆丁爵士很快就会发现传记不见了。

---

① 即利雪的圣泰蕾兹(St. Therese of Lisieux)。

沃利在出租车里等我,我飞快地冲进屋子。

我的房间还是老样子,没有人动过我的东西。自传也还在。我觉得自己很傻,如此紧张兮兮的。我重新把衣柜锁上。在我准备离开房间的时候,男仆出现在我面前。是的,多迪确实来找过我。

"她在我屋里等了吗?"

"没有,小姐。上次这位女士来等您,您就亲口告诉过我,再也不要让任何人进您的房间。"

"哦,谢谢你,哈利。我忘了我告诉过你。你做得很对。非常感谢。"我给了他两先令,以示安慰,他有点错愕。跑向出租车的时候,我还在想,我是不是太紧张了。自从丢了《沃伦德·蔡斯》手稿,我不仅告诫哈利,还有女佣和房东,我不在家的时候,不得允许任何人进入我的房间,我态度非常坚决。我决定镇定下来,勇敢一点。

我们去了石像酒馆。我点了杯薄荷酒,沃利喝威士忌。一共有三桌客人,我们都不认识,有一个纤瘦的年轻人独自坐在昏暗的角落,面前放着一杯酒。我又看了看他,原来是格雷·毛瑟。

"那边角落里的男孩子,"我对沃利说,"名叫格雷·

毛瑟。"

这让沃利乐不可支。

"他的笔名叫利安德。他是位诗人。"我说话的时候,格雷往我这边看,我向他挥挥手。

"你想让他过来和我们一起吗?"沃利说。

"是的,我有这个想法。"

格雷一来就开始向沃利抛媚眼,他挥动着纤弱的手臂,扭来扭去。沃利老练地接招。

"我的朋友,"格雷说,"去了爱尔兰,已经三个星期了。"他把四分之三的脸转向沃利,把同样多的背对着我。沃利悄悄移动了一下,以便格雷面对我们俩。"这条领带就是他送给我的,我的朋友送的。你喜欢吗?"

"很好看。"沃利说。他接着和蔼地交谈,尽量想办法让格雷也注意我。格雷完全无视这些小动作,因为他真的毫无恶意,只是非常喜欢沃利而已。格雷注意到我的时候,我趁机对他说道:"格雷,我想知道,莱斯利是不是把多迪房间的钥匙带去爱尔兰了?"

"没有,亲爱的,"格雷说。"现在就在我们的梳妆台上,他放在那儿的。你问这个干吗?"

所以，我给他们俩解释说，我需要借用那把钥匙，但需要保密，因为我想进多迪的房间，给她留下个惊喜。我向沃利解释，格雷的朋友也是我的一位老朋友，他的妻子多迪也是我的朋友。我们喝完了酒，沃利和我同时向彼此发出了"走"的信号，格雷答应借钥匙给我，并保守秘密。我第二天下午去取钥匙。

那天晚上，我一直在想带多迪去剧院的人选，想着想着就睡着了。我想到索力。他每周有两个晚上不用值班。我亲爱的索力，他总是很善良，我不想成为他的负担。这两个晚上，他也许想自己支配。并且，他是位诗人，真正的诗人。我还想起一个理由让我排除了索力。多迪不喜欢他。很难说服她和索力一起去剧院。我记得有两次，她见到了索力，事后她问我，到底看上了索力哪一点。我觉得这很奇怪，因为我认识的人，包括莱斯利，都喜欢索力。她说过，她觉得索力很有魅力，但是太粗俗。索力从来没有在她面前表现出丝毫的粗俗。索力只在最亲近和最信任的朋友面前才会说脏话和粗话，他从未说过引起多迪反感的话。我说他是最不粗俗的人。

"哦,"多迪说,"我不是指精神上的粗俗。""那还有什么类型的粗俗呢?"我说,可能会引起争论。但是多迪再没说什么,因为她明显感觉到,我会赢了这场争论,如果只动口的话。

我就这样睡着了,想着这样一个事实,索力一点都不像多迪这位英伦玫瑰那样粗俗。

第二天早上醒来,我很清楚自己要做什么。我曾两次下定决心,再不回哈勒姆街,但现在,我不得不第二次回去。

我得联系上爱迪温娜。我不大可能用电话联系上她。我每次在私人时间给她打电话,贝丽尔·提姆斯或者昆丁爵士就会找借口,通常的借口是她在睡觉,或者她身体有恙。如果她自己周末想给我打电话就很容易。她床边有部电话,有时护工会转达信息。

现在,我要去见爱迪温娜。我还有个拜访哈勒姆街的好借口,递交一封正式的辞职信,取回我的工资、折叠页里像玩具屋一样贴满了邮票的健康证和其他证明我存在的官方文件,例如我的所得税税单,我醒来后,确定要见爱迪温娜之前,本打算让他们把这些都寄给我。

那天早上下着雨,很冷,是个周六。

"昆丁爵士回他在诺森伯兰的房产了。"贝丽尔·提姆斯宣告说。我是十点钟到的。昆丁爵士提到人们在乡下或国外的房子的时候,总是称其为房产。她傲慢地加了一句:"他八点半开车走的。"

"他哪儿来的汽油?"我厉声问。汽油仍然是按配额供给,到月底才能取消配额,确切地说,是26号。我记得这个日期,因为我答应沃利,周末27和28号,坐他的车去他位于马洛的乡下小屋,庆祝汽油配额供应结束。但是,现行的汽油配额法规是非常严苛的。有些名人因为违规而坐牢。所以,我的问题"他哪儿来的汽油?"是个棘手的小问题,饱含公民正义的诘问,那段时间,恶人或心怀不满的人常做这样的事。贝丽尔·提姆斯慌张起来。"我确定,我非常肯定,"她说,"昆丁爵士享有增补额度。他必须享有的,我的意思是,他还有位可怜的母亲,对不对?"

"哦,他把爱迪温娜夫人也带上了吗?"

"没有,她在吃早饭。"

"那他不应该使用汽油票,对不对?"我说,"我们得调查清楚。"我继续说,我的声音把我自己都吓了一跳。"他的旅程是必需的吗?我们会了解清楚。"我快速从贝丽尔身边走过,朝书房门口走去。那扇门,就是书房的门,锁了。

"昆丁爵士,"那位英伦玫瑰说——她今天穿着为复活节准备的亮粉色两件套,"留下了指示,您绝对不能再进那间书房。我相信,昆丁爵士已经给您写了一封辞退信。他已经新聘了一位女助手,周一上班。"

"好吧,我要见爱迪温娜夫人。"我说,开始穿过走廊,去她房间。

贝丽尔跟着我。"昆丁爵士告诉我,如果您打电话或者来访,让我请您马上把您拿回家的作品还回来。它们不应该离开这幢房子。"

我到了爱迪温娜门口。贝丽尔抓住我的胳膊。"您可以见爱迪温娜夫人。您甚至可以,"贝丽尔说,"明天带她出去,让费希尔护工得以脱身。爱迪温娜夫人的阵尿频率提高了,仅仅是因为医嘱说,不能让她郁闷或者兴奋,才允许您有幸见到她,条件是,您不得向她吐露您和爵士之间的争执——"

正在这时,护工打开了门。"哦,早上好,芙蕾尔。"她说。爱迪温娜在床上叫道:"快来喝茶,吃面包。提姆斯——再沏一壶茶来,再拿个杯子。"

"已经十点一刻了。"贝丽尔说。

"再沏一壶茶,打开煤气。"爱迪温娜吼道。

"我来吧。"费希尔小姐说。

我在爱迪温娜的床边坐下,她拿起一片面包,为我涂上黄油,轻轻地跟我说话,表情丰富而夸张。"他有了新秘书。"

"是多迪吗?"

"是的,当然。哈哈。他让提姆斯把一本书的校样烧毁了。她把灰烬从厕所冲走了。可乱了,到处都是黑灰。"

我把头贴近她的头,清楚地、小心地说了一番话。我说:"听着,爱迪温娜,我要你听明白。我想在明天下午把多迪支走三个小时。告诉你,我明天不能带你出去。如果费希尔小姐主动放弃明天下午的休息时间,你要拒绝她的好意。你得要求多迪照顾你。尽量闹起来,把多迪招来。一定要让她跟你待三个小时。"

老奶奶两眼放光,嘴巴张开,成了一个大大的O字,随着我说话的节奏,她不停地点着头。她听明白了。

"多迪在的时候,你假装生病。让她给医生打电话。如果医生不在,让她找另一位医生。把裤子尿湿二十次。千万千万,要让多迪和你在一起,一直在一起。"

她点点头。

"三个小时。"

"三个小时。"爱迪温娜说。

第二天下午两点钟,我拿着一个购物袋到了多迪的公寓,先摁响了门铃,以防有人在。没人回答。我用钥匙开门进屋,把自己反锁在屋里。

"被告对公寓很熟悉。"我心想。我直奔洗手间,惴惴不安地在抽水马桶里寻找黑色的纸灰痕迹。我没看到任何痕迹。我进了卧室,脱下外套,和购物袋一起放在床上。袋子里装了一个小礼物,一个手绣丝制手帕盒,用粉色纸巾包着,我自己从来没用过,它更适合英伦玫瑰而不是我这类人。万一我在公寓里被发现了,我可以把这个拿出来作为无罪的证据。

我去了多迪卧室里的写字台。她打字机上还有一张纸。多迪显然在打写字台上的文件夹里多次修改后的清稿。我想多看一会儿，因为那就是莱斯利的小说。我看了一眼文件夹的封面，证实了我的猜测，我还是接着干正事。桌上没有《沃伦德·蔡斯》。屉子里也没有，不过，在其中一个屉子里我看到了一封信，日期是三个星期前，抬头是帕克-利维森·多伊公司。信的开头："亲爱的多迪（请允许我这样称呼你）……"我没有继续往下读，但一种迷信的冲动让我从床上抓起外套和购物袋，担心它们给弄脏了。我把东西放在地上，继续搜索卧室。衣柜里、衣柜顶上、枕头下、床垫下都找了一遍。床下有个旅行箱。我把它拖出来，里面都是多迪夏天的衣服。到处都找不到《沃伦德·蔡斯》。还没有去客厅找，还有一间卧室，曾是莱斯利的书房，厨房和洗手间里的亚麻布衣橱也还没去找。我把亚麻布衣橱翻遍了也没找到。我感觉莱斯利的书房嫌疑最大，所以我打算最后去那里。我开始在客厅翻找，把沙发和椅子上的坐垫掀起来，又放回去，窗帘背后和一摞一摞的杂志下面都找过了。一个小时过去了，摸着那些熟悉的物品，在它们下面查看，我逐渐产生了一个疑问：多迪——那个让人生气又熟悉的老友多迪——到底拿没拿我的手稿？

我把客厅都翻找了一遍，把东西都放了回去。我去了那个通向莱斯利工作间的小门厅，工作间的门大开着，可以看到里面乱堆着的纸和书架上的书，这些书我从前就很熟悉。我想我甚至已经把屋子扫视了一遍。但是，我走过门厅的时候，看到门边的挂钩上挂着外套，外套下面挂着多迪的黑色提包，从包里露出了她还在织的红围巾。我回头。感觉自己应该检查一下这里。毫无疑问，多迪在我屋里等的那天，她带上了她的编织活计，并且——但我的手指已经摸到了一包东西，有伦敦的电话号码簿那么大，塞在那个很丑的黑袋子底下。我一把扯了出来，又一把撕开。是我的《沃伦德·蔡斯》，我的小说，我的沃伦德，沃伦德·蔡斯；我用大书写纸写的，前几章曾被我撕碎，后来又粘在一起；我的《沃伦德·蔡斯》，我的。我把它抱在怀里，亲吻它。我回到多迪的卧室，把手稿放进我自己的购物袋。我从多迪的书桌上拿走一令没有打开过的打印纸。把它塞到多迪的包底，再小心地把编织物放在上面。我穿上外套，把购物袋背在肩上，仔细地检查了房间,看一切是不是都放好了。我把皱起的床单拉平,出了公寓,高兴地往回走。

我认识的艺术家,在他们人生的某个时间,都跟真正的邪恶进行过斗争,具体的形式可能是疾病、不公、恐惧、压迫,或其他让众生痛苦的邪恶元素。可反过来就不成立了。也就是说,不是只有艺术家才会感受痛苦,或认识邪恶。但是,我认为,没有一个艺术家在生活中没有先经历再认识某种东西,这种东西先是邪恶得令人难以置信,后来是毋庸置疑地可信,因为它毫无疑问是真实的。我非常想看看昆丁爵士的那些传记,这是个潘多拉的盒子。但是我必须先把我的《沃伦德·蔡斯》打出几份,这个必须做。我已经下定决心,在拥有给出版社的多余版本之前,这一本绝对不能离开我的视线:那个星期天下午,我一到家就开始这项工作。我记得中间停下来给索力打过电话。

"我的手稿找回来了,"我告诉他,"所有的校样和打印稿都被销毁了。"接着,我讲述了我突袭多迪公寓的经过。

我给他完整地讲述了一遍。他很严肃。其间,他诅咒了利维森·多伊、多迪,还有昆丁·奥利弗爵士。然后,他说,如果说他能做什么,那就是帮我再找一位出版商。索力一直对《沃伦德·蔡斯》的价值很有信心。对我自己来说,我只是觉得它是我的、我自己的、我的,我还是觉得我已经开始写的小说《万灵节》要好得多。

"你准备好了,可以交给出版商了,就告诉我一声。"索力说。

所以,我继续打《沃伦德·蔡斯》。我不需要做什么修改,就是简单地敲击键盘。我又停下来给哈勒姆街打电话,询问爱迪温娜怎么样了。

"她今天很糟糕,"提姆斯太太说,"我现在没空,再见。"她把电话挂了。我喝了杯威士忌加汽水,吃了一个煮蛋,继续干活。午夜时分,我还在打字。我得经常洗手,因为两张复写纸——我决定总共准备三份打印稿——不断把手给染黑。午夜前后,多迪开始在我窗外唱《友谊地久天长》。我觉得她的声音非常大。

我很想泼一壶水到她头上。但我更想和她见上一面。我想知道,她下午和爱迪温娜过得怎么样。我想知道她和利维森·多伊处得如何,还有她对昆丁爵士那里的新工作怎么看。我还十分想知道她是否已经发现我找回了《沃伦德·蔡斯》。

我让她进了屋。

"我昨晚来过,"她说,"但是你不在。"她语气里带着责备,我听了大笑起来。

"有什么好笑的?"多迪说。她脱下外套,在我的柳条扶手椅上坐下。《沃伦德·蔡斯》的手稿就放在写字桌上,一眼就能看见。我已经打出来的部分正面朝下放在打字机的另一边。我没想把书稿藏起来,但这会儿她还没发现。

"那个可恶的老女人把我折磨得够呛。"多迪说。

"哦,好吧,你得习惯这个才行,"我说,"爱迪温娜是这份工作的一部分,从某种意义上说是这样。"

我见多迪又兴奋,又沮丧。她全身发抖。我很为她难过。

"我来这里不是为了讨论我的工作,"多迪说,"我昨天晚上来过。我来是为了告诉你,昆丁爵士让你把传记还回去。我得修改那些传记。请交给我吧。"

"你半夜三更来,就是为了取走传记吗？你没看出我很忙吗？"

"给我弄点喝的,"多迪说,"我还要拿点打印纸。我在打莱斯利的小说,我没有打印纸了。我确信我还有一盒新的,但现在找不到了。我一定是忘在店里了。我想接着打莱斯利的小说,因为他明天晚上从爱尔兰回来。他原本打算去三个星期,但你知道他是什么人。我明天没时间买纸,因为我明天早上开始上班。帕克-利维森·多伊公司很可能会出版莱斯利的书。"

我递给她一杯加水威士忌。我说:"你确定你能喝酒吗？你病了吗？"

她没有回答。两眼盯着我的《沃伦德·蔡斯》。

"那是什么？"多迪说。

"我正在把我的小说多打几份出来。以前的烂掉了。"

"什么小说？"

"还不是《沃伦德·蔡斯》嘛！"

"你从哪儿拿到的？"多迪说。

"多迪,"我说,"你疯了吗？你什么意思,我从哪儿拿到的?"

"你写了几份原始手稿?"多迪说。

"哦,亲爱的,"我说,"别烦人啦。讲讲你和利维森·多伊的恋情吧。"

她把杯子放到地板上时,将威士忌泼了一地。

"你不明白,"她说,"有时候,一个女人不得不为男人做出牺牲。你太刻薄。你太邪恶。你为什么不去见牧师?"

如果你良心不安,去见牧师是很好的选择。但在作家的生活中,对牧师诉说事情的来龙去脉,对减轻痛苦是没多少用处的。如果你为自己不朽的灵魂担忧,你就去见牧师,但如果你只是被他人的不朽灵魂危及,你不用去见牧师。我告诉多迪:"我会去见牧师说说你的事,或者还有,例如,昆丁爵士,我还要去请教医生,问问他,你的肺和他的肾有没有问题。你自己为什么不去见牧师?"

"等事情结束了,我会去的,"多迪说,"莱斯利需要一位出版商。"

她抖得很厉害。

我说:"你应该去看医生。"

她将剩下的威士忌泼在我打好的书稿上面。

我找到一块布,尽量把它们吸干。

我说:"昆丁·奥利弗爵士让你去对付那个老头,是吗?"

"昆丁爵士,"她说,"是个天才,是一位天生的领导者。把传记给我吧,我要走了。"

"你可以走,"我说,"但是那些传记得留在我这里,我有时间就来研读。《沃伦德·蔡斯》的很多内容被搬到了那些传记里。等我把属于我的部分剔除了,我再交出剩下的部分。"

"你真是个恶魔。"多迪说。

我不知道为什么会突然问她:"你嗑药吗?"

"什么药?"多迪问。

"毒品。"

"我只是为了减肥。"多迪说。

"是医生给的吗?"

"不是,是从一个朋友那里拿的。"

我拿了半盒打印纸,递给多迪。我告诉她,她是个傻瓜。

她说:"你很气愤,因为我抢走了你的工作。"

我说,那很公平,她所做的一切都很公平,因为我曾经抢走了她的丈夫。但她是个傻子,所以才会和自传学会那帮人混在一起。

"那当初是谁带我去的呢?"多迪说。

"是我带你去的,很遗憾。但是,当我意识到事有蹊跷,我就撕了你的传记。"

多迪说:"我喜欢和利维森·多伊睡觉。"

"滚!我要工作了,太晚了。"

"你有可可吗?"

我给她冲了一杯可可。我把绣花丝制手帕盒给了她,当时没有留在她公寓里。

"你为什么不放弃当作家的想法呢?"英伦玫瑰说,"过去我们多要好,莱斯利也是你的朋友。但是,你那部疯狂的小说——昆丁爵士说——"

"滚出去。"我平静地说,为了不把楼里的人吵醒。这次她走了。

十一

几个小时后,多迪就发现,她那天晚上在我房间里看到的《沃伦德·蔡斯》手稿实际上就是她偷走的那份。她发现那一令纸在她包里,在编织物下面。第二天下午,她给我打电话。

"你怎么进我公寓的?"她说。

钥匙已经还给格雷·毛瑟了。我没有回答她的问题,也没问我的小说怎么会在她公寓里。我挂了电话。一个小时后,她又打来。"听着,芙蕾尔。昆丁爵士很想跟你聊聊。"

"你在哪儿打电话?"

"我在家里,我觉得那份工作我干不了。"

"你和昆丁爵士吵翻了。"

"好吧,不完全是,但是——"

"你没有销毁我的手稿,他生气了。"

"好吧,真该被销毁。"

那天晚上,我把《沃伦德·蔡斯》打完了。我一整天都在不停打字。我的肩膀很痛,我躺在床上校对错误。我看得出来,作为一部小说,它是有缺陷的,但这种缺陷没法去除,除非去掉核心部分。小说常常如此。有人发现错谬或者缺点,可能是人物塑造问题,但遮掩无济于事;改变一个事件的背景可能对整个小说的平衡带来负面影响。所以,《沃伦德·蔡斯》,我就不改了。

索力去上夜班之前,过来喝了一杯。他带走了两份打印书稿,一份给某位出版商,另一份放在办公室的保险柜里。他说:"你应该起诉他们,你可以追究他们的责任。"

"那样做对我的书有好处吗?"我说。

"没好处,"索力说,"只会增加虚假的知名度。你的小说得靠自身价值,特别是第一部小说。"

"那些传记怎么办?"

"把剽窃你小说的部分销毁,剩下的还给他们。"

我告诉索力,我也是这么想的。但是,首先我有兴趣了解下,我的小说对昆丁爵士有什么用。"我觉得他在实践《沃伦德·蔡斯》,他在按小说生活。我还没有时间细看那些文件,但我就是这么想的。"

"你管不了他的行动,"索力说,"不要让这些人烦着你。把他的还给他就是了,让他保存七十年。谁在乎呢?你再找份工作,再写本书,忘掉他们。"

那天晚上,稍晚,我把装着自传学会文件的袋子拖出来,打开来看,我感觉歇斯底里要发作。碰一碰它们仿佛就有辐射伤害。我翻看那些文件夹,直到我看到伯尼斯·"巴克斯"·吉尔伯特的名字。

这时,电话响了。是什么本能让我一开始就不接电话呢?才八点二十五。又响起来。响了很久。男仆可能知道我在家。也许他以为我在上厕所,很快就会回屋。楼下总机刺耳、单调的信号音一直响。我接听了。我听到男仆说:"她来了。"咔地响了一声。"哦,芙蕾尔,"提姆斯太太说,"我很高兴你在家。出了点事,和爱迪温娜夫人有关,她要见你。"

"她病了吗?"

"她说不上好,事情有点棘手。你能马上来一趟吗?当然,昆丁爵士会付车费。"

"让爱迪温娜夫人接电话。"我说。

"不行,我不能那样做。"

"为什么?"

"她状态不佳。"

我要求让费希尔小姐接电话。

"护工费希尔去她姐姐家了。"

"你给医生打电话了吗?"

"好吧,"贝丽尔·提姆斯说,"我们还在争论……"

"不要争了,去请医生来。"我说。

"但是她要见你,芙蕾尔。"

"让昆丁爵士接电话。"

"我怀疑他会不会跟你说话,芙蕾尔,昆丁爵士很生气。"

"他欠着我工资和很多解释呢。"我说。

停顿了一会儿,那个英伦玫瑰显然捂着听筒在对昆丁爵士说着什么,因为他终于接电话了。

"你得帮我一个忙,"他说,"请你来看看我妈妈。事情紧急。无论我们之间有什么问题,我向你保证,塔尔博特小姐,我不会干涉你和我妈妈的事。"

"我要跟她通话。"

"唉,那是不可能的。"

最终,我去了,走之前,我又把自传捆起来放进衣橱并上了锁。读过《沃伦德·蔡斯》的人都知道,我不在的时候,那些自传怎么了。事实上,我几乎已经想到了这种可能性,我和小说中的玛乔丽中了同样的圈套,有人将她支走,离开了沃伦德的文件,说辞是,年迈的普鲁登丝需要她。但事实就是,我只想到了一半,另一半却排除了我的怀疑是对的这种可能性。我的小说好像不可能如此分毫不差地进入我的生活。我经常站在理性一边,不相信我的怀疑,并因此酿下大错。

我在半个小时内到达哈勒姆街。

"塔尔博特小姐,"昆丁爵士说,"您能到我书房来一下吗?幸运的是,非常幸运,妈妈睡着了。她受了这些罪,这么些罪,现在不忍心叫醒她……"

"好吧,没问题,那么,"我说,"我不用在这儿停留了。"

但他拉住了我的胳膊,把我往书房里拉。"请把外套脱了吧,塔尔博特小姐,"昆丁爵士说,"有一两件事情我们需要商量一下。"

"如果您要讨论贵学会的文件,"我说,"等我多了解一些再讨论不迟。到目前为止,我只看出您剽窃了我的小说《沃伦德·蔡斯》。我告诉您,我会起诉。"

"啊,你的小说,你的小说,我一点都不知道呢。你没有把全部心思用在工作上,胡写什么小说?我一点不觉得奇怪。夸大妄想症。"

从房子的另一边传来哗啦一声和一声尖叫:"芙蕾尔!是你吗?芙蕾尔?放开我,提姆斯你这个婊子。我要见芙蕾尔。我知道她来了。我知道芙蕾尔就在屋里。"

昆丁爵士继续说:"我才是那个要起诉的人。"

我静静地坐着,仿佛赞同忽略爱迪温娜的声音。

"那么问题来了,"我说,"为什么伯尼斯·吉尔伯特自杀了?"

"我才是那个要——"

但是,我已经跳起来,跑进了过道,爱迪温娜正在挣脱贝丽尔·提姆斯的控制。

"芙蕾尔,看到你太高兴了,真是个惊喜。"爱迪温娜沙哑着嗓子说,"到我房间来。"

我甩开贝丽尔·提姆斯,跟着爱迪温娜走了。过道另一头传来昆丁爵士弱弱的叫声:"妈妈!"

那晚离开哈勒姆街前,我拿到了我的工资和我的就业登记卡。爱迪温娜还给了我一个信封,她一边尖叫,一边狡猾地从枕头下抽出来塞进我外套的口袋。贝丽尔·提姆斯此时去了爱迪温娜的洗手间取水,好让爱迪温娜服安眠药,她没有觉察我们之间的交接。

我向爱迪温娜保证,我会很快再来看她。总有原因让我无法和哈勒姆街彻底断绝来往。这让我想起《沃伦德·蔡斯》里面的情节,学者普罗迪这个人物多次看到玛乔丽写给沃伦德的信,信中总是为不能去乡下看他找借口,但是,很明显,直到沃伦德遭遇车祸去世,她一直坚持去乡下。普罗迪问玛乔丽为什么还是会去那幢房子,玛乔丽说:"我想断绝来往。但是,希腊女孩在那儿很无助,还有普鲁登丝,我得去看普鲁登丝。"

坐出租车回家的时候,我想到这个。我记得小说开头的场景,一群人都在等沃伦德的到来。他迟到了。他没有来。他在车祸中丧生。

我的想法是这样的:沃伦德·蔡斯在车祸中丧生,所有人都集中在一起等他。如果昆丁·奥利弗想扮演沃伦德·蔡斯,他的命运也会是这样。这个想法很吓人,但同时,我也能置身事外,我好像在看一出戏,我没有能力让戏停下来。坐在出租车里,这个念头又一次涌上心头:作为一名女性、一位艺术家,生活在二十世纪的感觉真好。昆丁爵士几乎显得不真实,他只是我塑造的一个人物,而沃伦德·蔡斯是个男人,一个真实的人,基于他,我塑造了昆丁爵士。我确实有点精疲力竭,但我清楚地记得这些感觉。

我到家的时候才觉得昆丁明显是真实的。没有什么不对劲,千真万确。我从包里拿出衣柜的钥匙,打开衣柜。索力的大旅行包还在。我打开包,里面空空如也,这种预见的损失让我一下子蒙了,是我自己的错,没有依从自己的本能。袋子张大了嘴,哈哈。这是职业盗贼干的。门锁一点没坏,衣柜上也没有笨手笨脚的业余盗贼留下的痕迹。我得等到天亮后去问男仆,看有没有他认识的人找过我。绝对没有人拜访过。他气哼哼地回复我。我脑子里闪过一个已知的想法:一个职业盗贼受雇来到我的房间,直接找到我放传记的地方。多迪知道我房间的布局,明摆着,是她提供的详情,也许是无意的。那天晚上,我在床底下的旅行箱里找我放在那里的《沃伦德·蔡斯》。在焦虑的状态下,我忘记我出门之前已经把手稿拿出来,放在枕头下面了。所以,在旅行箱里,我只找到了一份新打出来的打印稿,还有两份已经交给了索力。但是,我写在大页写字纸上的手写稿呢?在哪里?在哪里?我在屋里找了一个钟头,直到我上床睡觉才发现原来在我枕头下面。

这让我想起爱迪温娜塞在我外套口袋里的信封。我跳下床,头脑清醒,精力充沛,想起这个令人兴奋。我是那种人,脑子受到一点点刺激,身体的疲劳会很快恢复。皱巴巴的空白信封里装着几张手写的纸,显然是从日记本里撕下来的。撕得太粗暴,所以每行开头的有些字不齐全了,同样,反面每行结尾的有些字也不全。我觉得字迹好像是昆丁爵士的,我读了第一页,很明显,日记内容就是他的。

这份文件我一直保存着,为了纪念最棒的爱迪温娜:

1950年4月26日

我得到信任

塔尔博特小姐的朋友多萝西

多迪,卡朋特太太,和

她的丈夫莱斯利,塔尔博特小姐

有一腿。

"多迪"弄到了

小说的印刷校样名叫

"沃伦德·蔡斯"作为例证

一部阴森可怕的文学作品

她("多迪")认为

应该销毁。

我读了这部作品

塔尔博特小姐发怒和精英

想象。这种人

竟然进了我的圈子!!

这本书想写成真正的隐射小说!

问:塔小姐会读心术吗?一个

灵媒?

? 邪恶

我翻页:

    1950年4月28日

"多迪"告诉我两

作家,西奥多·克莱门特和

他妻子奥黛丽(注:《名人传》

里没有这个人。)读了

所谓的小说。他们强烈

反对该小说。我

被告知那部作品

已经有印刷校样,

帕克先生出版

利维森·多伊,不重要但还

的企业。

我因此约见了

公司经理

利维森·多伊先生本人(注：

和"伯克家族"以及"海顿家族"等等

等等,都没关系。在《名人传》里很不起眼。)

下一页：

1950年5月1日

因为我拜访

帕克,利维森·多伊的住处

下午,我见到利维森·

多伊本人在他办公室郁闷

严重的诽谤

那部所谓的小说

芙蕾尔·塔尔博特小姐和我的

自传学会。

他马上同意不

出版那部小说。(用

诽谤罪威胁有效

对这些人。)我断定多伊

先生是个不错的生意人,但是

家族没什么好说的。

他提到"多迪"曾经

给他看小说的章节

她丈夫在写,算得上一部

杰作,书中写了

他和一个野心勃勃的年轻女人

"了解内幕的"都知道

讲述他的经历

和可怕的芙蕾尔·塔尔博特!!

他说"多迪"是"一位

非常美丽的女孩"。他说他

用这个短语"男人之间的悄悄话",

我谢谢他。我评论说

我会尽力帮他

从"多迪"那得到好处,也给我们增加无伤大雅
的笑料。我

表示感谢他的

合作并保证我也会

合作。

我离开前多伊先生提出

"留字据"证明他

销毁合同有关

那部小说"沃伦德·蔡斯"。去请求

他不要做文字记录

我们的谈话,向他保证

我自己的文字记录

仅仅一个纸条锁在

抽屉里七十年。我提供

的信息是真的,我的信条

绝对坦诚。

1950年5月2日

很舒服的感觉:早

晨,在公园里散步我看到

树丛里一只有条纹的猫,

它的花纹和淡淡的

光亮和潮湿的树叶留下的影子浑然一体。

大自然是如此和谐！我被迷住了，

陶醉在神奇的光环里，顺其自然，

接纳，恍然不觉。

那一刻我感觉

死亡真好。最亲爱的，我希望我们

能死在一起，如果我没有

使命，我，我一个人，奇妙地

想去完成。但谁是你的

朋友？他们在哪里？

不要被打败，我，等等，等等。

上面这封信给巴克斯吗？

是的，我这么干了。并寄出

去了！但是

昆丁·奥利弗的日记片段中最让我怒火中烧的是最后一篇，那天是5月2日。一字不差地从《沃伦德·蔡斯》里抄的。我让小说人物普罗迪找到那封写给那个希腊女孩的内容荒谬的信，而希腊女孩却不认为它是荒谬的。

对侵吞我小说内容的怒火平息了下来,我把那些日记塞回信封,把信封放到我手提包的底部,决心和它永不分离。无论日记透露的信息对我有什么用处,我总算确切地知道了我曾经隐约怀疑的事情,内心有几分坦然。此外,一想到昆丁爵士发现他日记丢了几页,我就乐不可支。我确信,他会想象我雇了一名职业盗贼。我觉得非常好笑,于是快乐地入睡了。

第二天早上,我在英国广播公司有一个工作面试,结果我没能得到这份工作。我坐在会议室里一张长桌子边,很多男人和女人向我提问。但是,我没有他们要求的工作经历,那位年龄最大的男士问我,我有没有意识到,我要求的六英镑一星期相当于三百英镑一年。我说我以为是三百一十二英镑一年呢。无论怎样,我没有得到这份工作。我看上去肯定状态也不佳。我人生稍晚些时候,运气有所改变,我为英国广播公司写作,我在制片部的新朋友碰巧看到那份公文,上面记载了那天面试的情况,我们都笑了。

我将昆丁爵士那几页日记打出了一份清稿,在下午茶时间,带着它去了哈勒姆街。

毫无疑问,他是个疯子。我肯定,爱迪温娜给我那几页撕下的日记就是为了告诉我这个。

"爱迪温娜夫人睡着了,"贝丽尔·提姆斯说,"但是你不用再来看她了。那里没有你的好处。我们有个发现,你知道是什么吗?我们发现她根本没有钱,不会给任何人留下遗产。她买了一份年金保险,她去世的时候,钱也自然没有了。她非常非常狡猾,只能用这个词来形容。昆丁爵士才发现的。她的财产就是个神话。"

我早就知道了,因为有个周日,我和索力推她出去玩的时候,她告诉我:"我为了钱才结婚的。"

"我认为那样做很不道德,爱迪温娜。"索力说。

"我不明白怎么就不道德了。我丈夫为了钱和我结婚。我们相亲相爱。我们有很多共同点。首先,我们都有很奢侈的品位,其次,我们都没有钱。"

她接着聊到昆丁属"意外怀孕","他的亲生父亲,当然"抚养了他,还给爱迪温娜留下了一点钱。所以,我们对昆丁的父亲是谁浑然不知,听完就算了,故事很美,不需要解释。

"一个便士都没有,"那位英伦玫瑰说,"除了她的年金保险,那个只够她自己日常花费和请护工。"

这时,费希尔小姐从厨房出来了。"下午好,芙蕾尔。爱迪温娜夫人会很高兴见到您。她要起来喝茶了。"

我说我见完昆丁爵士就来。

提姆斯太太说,"你要见昆丁爵士?那个——"

我打开书房的门,他在桌旁坐着,两眼瞪着空中。

"您的新秘书在吗?"我说。

"啊,塔尔博特小姐。我——她需要早点回家。"他挥手指着椅子让我坐。

"您看下这个。"我说,把打好的日记放在他面前。

我继续站着。

他看着第一页说:"这是哪儿来的?"

"摘自您的日记。我有好几页。"

"你怎么看到我日记的?"

"我有专业人士的帮助。原稿锁在银行的保险柜里。可能锁上七十年,也可能不用那么久。"

他站起来在房间里踱步,想把问题理清楚。他停下来看了我打的其他几页。他大笑:"啊,那些日记是我的小玩笑。里面并没有严肃的东西。"

我说:"你应该去看心理医生。这是第一条。第二,你必须解散自传学会。如果本月底你还没有做到这两件事,别怪我不客气。"

"啊,但是,会员们自己也有发言权。"

我离开他去看爱迪温娜,她已经被扶起坐在客厅里,准备喝茶,身上披了一件印度披肩。昆丁爵士进来了,手上拿着一个皮面的本子,那是他的日记。他后面跟着贝丽尔·提姆斯。

"妈妈,"他说,"我得让您知道,您的朋友芙蕾尔·塔尔博特小姐不是我们的朋友。她属于另一个世界。她雇用职业盗贼进了这幢房子,抽走了我私人日记中的几页。她自己承认的。费希尔小姐,你丢东西了吗?爱迪温娜夫人的首饰都在不在?"

爱迪温娜站起来,尿了一地。

"塔尔博特小姐,我必须请您离开这幢房子。"

"请允许我插一句,"爱迪温娜说,"这里是我付的房租。你的家在乡下,昆丁。"

费希尔小姐过来拖洗爱迪温娜四周的地,爱迪温娜最终同意让人带她回房清洁干净。我自得地吃起了三明治,等着她回来,而昆丁爵士只是盯着我,贝丽尔·提姆斯挪走了装三明治的碟子,好让我拿不到。

门铃响了,贝丽尔·提姆斯去开门。"你是个恶魔,"昆丁爵士说,"你喜欢约翰·亨利·纽曼主教纯粹是出于伪善。他没有利用自己的影响力组织起一群虔诚的精神追求者吗?难道我就没有权利做同样的事情?"

"但是您知道,"我说,"您精神不正常。我来这里提示您有纽曼这个人之前,您就有控制他人的欲望。您读了我的小说,但是最近才读的。您得看心理医生,并解散自传学会。"

我听到门厅里有人说话。我出去跟爱迪温娜说再见,正走着,我看到两位来访者是克洛蒂尔德男爵夫人和德莱尼神父,二人看起来特别憔悴,但还不是太惨。这二位很愚蠢,且总是高傲无礼。

在爱迪温娜的房间里,护工正在翻箱倒柜地找一件漂亮裙子,我说:"我让他去看精神科医生,并解散他的班子。"

"你做得很对,"爱迪温娜说,"我什么时候见你的朋友沃利?"

"我会很快安排。"

"沃利和索力,"她嘎嘎笑起来,"这俩名字是不是很棒,护工姐姐?"

"很好的名字。像舞台人物的名字。"接着,费希尔小姐对我说:"我担心那些右旋安非他命药丸。"

我一时没太懂什么药丸,还以为她说的是爱迪温娜吃的药。我说:"你想让我拿处方——"

"哦,不是的。就是昆丁爵士给他的朋友们吃的右旋安非他命药丸。他给你了吗?"

"没给我。"

"他给了其他人。这个药如果剂量过大会有危险的。"

"他们年纪都不小了。我不同情他们。他们肯定能照顾好自己。"

"好吧,也对,也不对。"善良的护工说。

爱迪温娜急着要穿那件紫色裙子。"他们都在禁食。除了他自己和提姆斯。我们也热爱美食,是吧,护工姐姐?"

"右旋安非他命,"护工解释说,"是一种食欲抑制剂。但它会伤害大脑。"

"他们要保持体形,"爱迪温娜喊道,"他们都会发疯的。"

"他们都有朋友吧,"我说,"我想,如果他们病了,他们的亲戚朋友会看到。"

"还是挺合身的。"爱迪温娜说,拍打着她的裙子。

"你什么都证明不了,"费希尔小姐说,"但是我知道。那些可怜的人——"

"他们不是婴儿。"我说。

我在想我的小说《沃伦德·蔡斯》,还没有联系到出版商,都是昆丁·奥利弗干的好事。我对他那帮任性的傻子没有耐心了。——我想到梅茜·杨,她的生活有那么多可能性,却要不顾一切地跟着一个疯狂的精神领袖。还有克洛蒂尔德·杜·卢瓦雷男爵夫人,完全被特权蒙住了,无法分辨和拒绝一个变态狂。

我回家去准备我和沃利的晚餐约会。但是我没有向他提起哈勒姆街的事。我倒给他讲了我去英国广播公司面试的经过。因为这个话题——我忘记是怎么绕到这里的——他开始向我讲述他从部队退役的过程。他和朋友们一起去总部,其实是一排排茅屋,在那里,他们选自己的退役服。沃利详细描述了退役制服的款式和风格。他自己选了一件斜纹呢外套和一条法兰绒裤子。"挺好的。"沃利说,还是他一贯让人舒适的随意口吻。

有个人提醒我,除了《沃伦德·蔡斯》和自传学会,生活中还有别的东西,这种感觉真好。但是,我一半的心思真的在别处。我渴望早点回家,去读纽曼。我想知道,这些人是怎么曲解他的。我很有兴趣去了解了解。

但是沃利和我一起回了家,想喝一杯再告别。他喜欢我堆满书的屋子。

"有个酒鬼在街上唱《友谊地久天长》,"沃利说,"她好像挺高兴的,是吧?"

我任由她一直唱下去。

早上,我还没起床,多迪就来到了门口。她竟厚着脸皮背着她的黑包,带着编织的活儿,现在织的是一件墨绿色的毛衣。

"我昨晚来过。你的灯亮着。"

"我知道。"

"是莱斯利在你这儿吗?"

"见鬼去吧。"

"听着,"多迪说,"我得跟你说一声。昆丁爵士命令我们去他在诺森伯兰的住处。他说我们在伦敦正遭受迫害,他打算把自己的房子变成一座修道院。"

"就像纽曼在利特莫尔所做的那样吗?"

"正是如此。你得承认,昆丁爵士的目标还真是不容小觑。"

我看不出他们有任何相似之处,纽曼和他的牛津国教高派教会同道在利特莫尔艰苦地静修,而昆丁爵士只是纠集了一帮性格怪异的人。纽曼确实因为他的观点遭受了实实在在的宗教、政治迫害,此外,他有被迫害的感觉,也不一定总是有原因的。在其他方面,纽曼和哈勒姆街那帮人没有任何可比性。

我对多迪说:"有人可能会认为昆丁·奥利弗只听说过两本书。一本是纽曼的《生命之歌》,另一本是我的《沃伦德·蔡斯》。他一直念念不忘。"

"他认为你是个巫婆,是把恶念带进他生活的恶灵。变恶为善是他的使命。他说的话可有深度了。"多迪说。

"哦,你把壶烧上吧,"我说,"我还没吃早饭呢!"

她把壶装满,放在煤气灶上。

"他们都去诺森伯兰,除了我。"

"你当然得留下伺候利维森·多伊。"我说。

"昨天晚上莱斯利来你这儿了吗?"

"关你什么事。"我说。

"他是我丈夫,"多迪说,"他是我的。"

"你干吗不出租他,按小时收费?"

"我希望我也能去诺森伯兰,"多迪说,"昆丁爵士紧急给所有人打电话。他们都去。梅茜给我打了电话。她准备去。德莱尼神父——"

"我很久没有听到这么好的消息了,"我说,"爱迪温娜去吗?"

"哦,他们不带她去。她和护工留在伦敦。也不妨让你知道,如果你还不知道的话,她去世后,不会留下任何遗产。"

我说:"她可能比她儿子活得久,可以继承他的遗产。"我不知道我为什么这么说(但是,我心里想的是我创造的人物老普鲁登丝,她继承了沃伦德的财产)。

"你是说你和你的《沃伦德·蔡斯》吧。"多迪评论道。她在泡茶。

"你在服用右旋安非他命吗?"我问。

"没有,我停药了。我的医生让我停药。事实上,这就是我不能去诺森伯兰的原因。昆丁爵士不让我去。"

"贝丽尔·提姆斯和他们一起去吗?"

"当然啦。她还是各种活动的大祭司呢。他们马上就要走了。我不知道怎么办。"

"忘了他们。"我说。

"对你来说,忘记很容易。"

"不,并不容易。有朝一日我会写下来。"

我想到了切利尼:"所有的人,无论境况如何……应该亲手写出自己的故事。"

"你已经写了,"多迪说,哐当一声放下茶杯,"你知道的,你的《沃伦德·蔡斯》写的就是我们。你先知先觉。"

"别傻了。"

她收拾好编织活儿回去了。我打开心爱的《生命之

歌》,翻到想看的那一段:

>　　……我意识到我应该做什么,但是我退缩了,不想承担这份重任,也不想因此抛头露面。我说,我必须交出我人生的真钥匙。我必须把我的真实面貌呈现出来,人们也许可以看到,我不是那样的人,冒我之名、蠢话连篇的幽灵也许会消失。我希望世人知道我是个活生生的人,而不是个穿着我的衣服的稻草人……

我把书放在桌上,和我的本韦努托·切利尼对照着看:

>　　所有的人,无论境况如何,只要做过有价值的事,或者貌似有价值的事,那么,如果他们是诚实守信的人,他们就应该亲手写出自己的故事。

我看看这个,又看看那个,两段话都深得我心。我想,总有一天,等1949年秋到1950年夏的这几个月已经变成遥远的过去,而我做了"貌似有价值的事",我就会开始写。多迪带来的消息让我非常高兴。我需要找到工作,我的小说需要找到出版商。但是,我觉得离开自传学会是一种解脱。尽管,实际上,我还没有完全和昆丁爵士那班人脱离关系,但是,道德上,我已经置身事外,将他们客体化。有一天,我会书写他们的故事。事实上,我一直在以某些形式写他们,无论我喜不喜欢,他们是我用来做砖的稻草。

十二

二十世纪正中,1950年6月的最后一天,天气晴和,周五,我记下此日作为我人生的分界线。回到那一天,我带着三明治到那个废弃的肯辛顿墓地去写诗、吃午饭,年轻的警察溜达过来看看我想干什么。他长得轮廓分明,就像战争纪念碑上的头像。我问他:假如我坐在墓碑上犯了罪,那犯的会是什么罪呢?"呃,也许是侮辱和冒犯罪,"他说,"也可能是无理妨碍和阻挡罪,还可能是滞留街头,蓄谋犯罪。"我给他一个三明治,他拒绝了,他刚吃过饭。"那些坟墓一定有些年头了。"警官说。他祝我好运,然后走了。我忘记我当时写的是什么诗,但很可能是按照一定的形式,练习写诗,如回旋诗、八行两韵诗或者田园十九行诗,当时我还在练习用亚历山大体写叙事诗,所以,很可能就是其中之一。我总是觉得单纯练习音步和形式非常有趣,经常让人产生顿悟。我在等我的房东亚历山大先生不再拦住我,问我房间过于拥挤的事。

我租不起更大的房间,就连这个小房间的房租也快交不起了。我找了些零工做,给沃平的出版商审阅初稿和做校对,写诗歌和小说评论。我的第二部小说《万灵节》也有了很大进展,我的第三部小说《英伦玫瑰》也在策划中。尽管索力很用心,但《沃伦德·蔡斯》还没有出版。我把所有的希望放在《万灵节》上了。可是,我的钱快花光了,我知道,我的书得开始卖才行。我在很认真地找一份全职工作。

但是,那一天,二十世纪正中间,彼时彼刻,我比任何时候都强烈地感觉到,作为一名女性和一位艺术家真是太好了。在过去的六个星期里,大部分时间我都很压抑,但是,如今,阴霾散去,所有的抑郁一扫而光。

汽油配额取消的第二天,5月27日,我在沃利位于马洛的小屋里度周末,那天虽然没有大灾大难,但是糟心的事情一大堆。

出发的时候还是好好的,我带着沃利去哈勒姆街,和爱迪温娜一起吃早饭,然后启程。昆丁爵士已经逃往诺森伯兰,爱迪温娜独自和费希尔小姐及一名日间帮工在家。爱迪温娜穿着蛋壳蓝的裙子,带有天鹅绒镶边,吃早饭的时候,掉了好多毛。她的眼影和衣服是一样的配色。她一定在几个小时前就开始为这顿早饭做准备了。她手上戴了很多戒指,指甲上涂了鲜艳的指甲油。

"你是芙蕾尔的男朋友吗?"她对沃利叫道。

"是的。"

"你配不上她。"

"是的,我知道。"沃利说,还是那么和蔼。

我们在她自己的小客厅窗户前一张带花边的桌子边就座。她很警觉,很高兴公寓里只有她一人,她讲了已故亚瑟·贝尔福的趣事,沃利很着迷。我问她,贝丽尔·提姆斯是否打算留在诺森伯兰,她说:"贝丽尔·谁?"后来,我再也没有见过爱迪温娜,直到接下来的那一周,我推着身着黑色衣服、戴着珍珠项链的她,参加她儿子的葬礼。

沃利很喜欢爱迪温娜,这是他在去马洛的路上告诉我的。"我喜欢上了你的爱迪温娜。"他说。到了马洛,沃利很不高兴,因为打扫卫生的女人没来。我认为,真正让他生气的是我看到了他上一个周末和别人过二人世界的现场。我真的不在乎,因为那种情形挺让人振奋的。我非常喜欢事件的转折。但是,我不禁猜想:那一个姑娘是谁呢?我看到,上一顿早餐剩下的面包屑掉在地上,已经发绿,还被老鼠啃过,罐子里的牛奶已是绿色,边缘部分发黑,滤水板上面的两只咖啡杯和托盘上面有硬硬的一层咖啡,日久变干了,我算了算这得有多少天了,细想到底是哪个周末,这期间的非周末时间,我和沃利在干什么。沃利站在那里赌咒发誓,我没心没肺地把箱子放进卧室。床已经被两个人睡得皱巴巴的,像被一位合格的舞台经理刻意布置过一样,沃利的蓝色棉睡衣的上衣挂在床架上,而裤子却整齐地摊开放在五斗柜上。一瓶快喝完的威士忌和两个玻璃杯,其中一个上面沾有口红,从制景的角度看,肯定太过了,但实际就是那个样子。我们清理了一下就出去吃午饭了。

快到晚上的时候,我突然莫名紧张起来,担心起几乎被遗忘的《沃伦德·蔡斯》。我不知道开头的场景处理得好不好。这部小说我已经打了一遍又一遍,几乎能背下来了。

"你知道吗?芙蕾尔,"沃利说,"有时候,我和你在一起,会发生一件奇怪的事情——你会突然神游他方。挺吓人的。你经常这样,我不说什么,但我知道你在别处。"

我大笑,因为我知道他说得对。我说:"我在想我的第一部小说《沃伦德·蔡斯》,挥之不去。"

"哦,不要这样。我自己也会有写小说的想法,但我确实没有时间。"

"你认为你会写小说吗?"

"哦,只要有时间,我敢说,任何人都可以和别人一样写小说。"

他出门去探访清洁女工的住处,看她到底怎么了。他已经没有了最初的尴尬,但是,这个周末对我来说已经没什么意思了。可能我们两个人都对这个周末期望过高。抄写本上的格言说得好:爱是无法预料的。我现在深深沉浸在我的心事中,他不在旁边的时候,我才记得我对沃利有好感,不管怎么说吧。

我们带了吃的。我开始布置晚饭的桌子,点了两支蜡烛,但是,我太心不在焉了,我现在什么都想不起来,只对他的小屋有个大概印象,吃的是什么,我也想不起来了。我想,可能有个留声机,我放了一张唱片在上面。

我的心思都在《沃伦德·蔡斯》上面,小说开头的场景,沃伦德的母亲普鲁登丝、他的侄子罗兰,还有夏洛特,那个可怕的管家,在沃伦德乡下房子的客厅里,等候沃伦德的到来。

罗兰在把玩沃伦德收藏的南美印第安人面具。夏洛特从他手里拿走了:"你叔叔不喜欢有人动他的东西。"罗兰的妻子玛乔丽刚刚在大厅里接电话,挂了电话她冲出门,开车走了。普鲁登丝不停地说:"玛乔丽到哪里去了?"还说:"罗兰,你去看看玛乔丽怎么了。骑自行车去。"罗兰在谈论他代销的计算器。夏洛特说,她不喜欢加法器。然后,她接着说,好吧,是计算器。她说,事情已经叠加到了无可挽回的地步,因为沃伦德要养活太多人,现在没钱了。普鲁登丝指正说,那个机器也可以做减法。她说,沃伦德现在发音和以前不同了。他们都谈起那些不同。把 dance 说成 dense,把 interesting 说成 inter-resting,把 lost 说成 lawst。夏洛特打断大家,说出了她的看法:"普罗迪先生是这样发音的。""普罗迪的用词和一位学者不相称,"普鲁登丝说,"但是,我担心玛乔丽,接完电话就一阵风似的走了。沃伦德也应该到了啊。他去了哪里?"

然后,我让夏洛特这个人物走向窗口:"我听到他汽车的声音。"罗兰说:"不是的,我确定那是玛乔丽的车。沃伦德的车发出嘟—嗒—嗒—嘟的声音。玛乔丽的车发出嘟,嘟,嘟—嗒—嗒的声音,就像这辆车。"

普鲁登丝说:"罗兰,不要玩那个面具好吗? 就算为了我。沃伦德买那个花了不少钱。我知道那是假的,沃伦德也假,但是——"玛乔丽走进房间。"怎么了,玛乔丽?""哦,她病了,给她弄点喝的,水,喝的。""玛乔丽,发生什么事了? 那个电话……你受伤了吗?"终于,玛乔丽说话了:"沃伦德受伤了。撞车了。他伤得很厉害。警察打的电话。我去了医院。一开始我没认出他来。他的脸,沃伦德的脸……"她用手拂过自己的脸说:"我想他的脸被毁了。"罗兰出去给医院打电话。夏洛特:"他死了吗?"玛乔丽:"没有,他恐怕是昏迷了。"夏洛特那个英伦玫瑰抓住"恐怕是昏迷了"几个字做文章。"你什么意思,恐怕? 你希望他死吗?"

罗兰回来了:"他死了。"

沃利停好车,微笑着进来了。"理查兹太太动手术了。幸亏我去看了看。她这几周还不能干活。她非常可靠,我就知道一定出了什么事。还好不严重,她没让我看哪里动了手术。男人就会让别人看。"

我说:"我有没有跟你说过,自传学会搬到昆丁爵士在诺森伯兰的家里去了?"

"哦,别提了,芙蕾尔。这是一份令人讨厌的工作。听起来就不适合你。爱迪温娜也解脱了。她真不幸,有那么个怪胎儿子。她年纪大了,可能也不在乎了。"

我决定强迫自己忘掉《沃伦德·蔡斯》。为了达到目的,我给沃利讲我的新小说《万灵节》。我觉得他很感兴趣。晚饭后,我们去酒馆喝了一杯。我们沿着河边走回家,然后上床。这样做其实没什么好处。和沃利在一起的时候,我急于克服走神和"在别处"的情况,我的心思刻意集中在正在做的事情上。我发现自己过度关注沃利做爱时的每个细节,我在看,在数数。我的意识专注于一件事。绝望中,我试图想着戴高乐将军,结果事情更糟,太,太糟了。

"可能我啤酒喝多了。"可怜的沃利说。

第二天早上,我们在河边散步一小时。午饭后,我们收拾好小屋,早早出发回伦敦。下午五点,沃利把我送到家。

午夜,多迪又来了。我穿上睡衣,放她进来。

"昆丁爵士在车祸中丧生。两车相撞。"她说。

"另一辆车怎么样了?有人受伤吗?"

"哦,他们也没命了。"多迪说。她很不耐烦,好像她在和一个分不清芝麻和西瓜的傻子说话。

"另一辆车里几个人?"

"我想是两个人吧,但重点是——"

"谢天谢地,他死了。"我说。

"所以,这证明你的《沃伦德·蔡斯》是对的。"

"和我的《沃伦德·蔡斯》没有任何关系。情况完全不同。那个人是真的邪恶。"

"他们都在等候他的到来。"多迪说。

我把多迪打发走了。

《沃伦德·蔡斯》真是太准了。我写的这种事，现实中可能有所不同，但确实会发生。我的《沃伦德·蔡斯》是对的，我在沃利小屋里的时候还担心第一章有什么问题，现在看来，第一章写得很好嘛。

第二天上午十点钟，我给哈勒姆街的费希尔小姐打电话。她说，爱迪温娜接到噩耗表现得很勇敢。医生在照顾她。一切都好，爱迪温娜一直不说话。

葬礼过后，贝丽尔·提姆斯赶上我，在爱迪温娜听得见的范围内，对我说，"你得帮爱迪温娜处理一些事情。昆丁爵士的遗产归她，没我什么事。"

"爱迪温娜，"我说，"提姆斯太太前来吊唁。"

"我看到她了。"爱迪温娜说。

我把她推走了，她身体挺得很直，穿着一身油亮的黑色。让我吃惊的是，贝丽尔·提姆斯说的话和夏洛特在沃伦德的葬礼上说的一模一样。

从葬礼那天起,到6月底我坐在墓地里写诗那天,多迪跟我讲了很多关于自传学会解散后,那些会员的事情。

"我们都想知道,"多迪说,"那些传记都怎么样了。他们还从来没有机会读到。"

"爱迪温娜把他们销毁了。"

"她有权这么做吗?"

"我认为她有。"

"她有没有可能受到你的影响?"

"没有,她刚告诉我,她让费希尔小姐销毁了那些文件。都没什么意思,并且,她没有地方存放。"

"可怜的贝丽尔·提姆斯。他承诺过会留遗产给她。你知道埃里克·芬得利回到他妻子身边了吗?"

"我不知道他离开了妻子。"

"好吧,芙蕾尔,他是为你离开她的。他自传里写的。你和他有一腿,芙蕾尔。我看过了,白纸黑字写着呢。昆丁爵士拿给我看的。"

"是他手写的吗?"

"当然不是,是昆丁爵士记下的。他替埃里克写的。"

"哦，那是假的，他编造的。"

"有可能，"多迪说，"那是假的。另一方面——"

"滚。"

我们就这样聊着。梅茜·杨精神失常了，现在已经恢复，就发生在葬礼和我特别的墓地一日游之间。克洛蒂尔德·杜·卢瓦雷在法国的一个修道院定居下来，寻找自己的灵魂，她觉得自己的灵魂丢了。多迪和德莱尼神父经常见面，神父喜欢带她去看摔跤比赛，他还在服用右旋安非他命。维尔克斯夫人回归了她的家庭，但是每天会去昆丁爵士的墓地，与他交谈。我问多迪，是否有人去"巴克斯"·吉尔伯特的墓地，她说："哦，好吧，自杀是一种罪过，她不应该享有基督徒的墓葬。"

6月份，我经常和爱迪温娜见面。还有沃利。他想带我回马洛过一个好点的周末。但是，我周末都得工作，写评论，写小说，因为我知道不久我就要全职上班了。

我在肯辛顿的墓地见到警察的第二天，周六，7月1日。我的新生活开始了。

我收到了赫赫有名的三一出版公司的来信，这是一家老企业，专门出版高品质的书籍。信很简洁：

亲爱的塔尔博特小姐：

如果您能在您方便的时候尽快安排与我们见面，我们将不胜感谢。

您忠诚的

辛西娅·索默维尔

三一出版公司

爱迪温娜曾经聊起过三一出版公司的索默维尔一家，她认识一位叔祖父。她曾经想过，我可以去那里找份工作。现在想起来，索力也曾提起过："你可以去三一出版公司工作。"我认为是爱迪温娜或者索力推荐了我，让我去工作。第二天下午，我向他们两个人求证。那个周日，我们没有带爱迪温娜出去散步。我想是因为下雨了。我们在哈勒姆街喝茶。爱迪温娜现在又雇了一个帅气、强壮的男仆，名叫拉德，是个鳏夫，战前在一个大户人家做管家，在部队做了军士长。他把配额管理得很好，所以爱迪温娜可以请我们喝豪华下午茶。

"没有，我没有跟三一出版公司说过什么。"索力说，他翻来覆去地看那封信，仿佛里面包含什么密码。爱迪温娜好像也不知情。

"可能事关您那本书,芙蕾尔小姐。"拉德说,他说话倒像是自家人。确实如此,多迪说过,他和费希尔小姐"很要好",两个人联合起来榨取爱迪温娜的钱财。那是多迪说的,但是我看不出这有什么关系,既然爱迪温娜和他们相处得很好。拉德把那封信拿在手上。"我看他们是看上您的书了。您看,他们说不胜感谢。如果您是去上班,雇主怎么可能表示感谢呢?表示感谢的是您。您看,这里写着'如果您——我们将不胜感谢'。"

"天呢,"索力说,"我四五个星期前把《沃伦德·蔡斯》寄给他们了。我忘了这事。"

"我希望他们好好感谢你。"爱迪温娜声音沙哑地说。

剩下的喝茶时间,索力介绍了三一出版公司的三个人。两兄弟和一个妹妹。齐心协力做每一件事。

"但是,你也不要抱太大希望,"索力说,"也许只是一份工作。他们可能听别人说你在找工作,而他们正好有一个空缺。"

"好吧,即便是那样也很好啊。"我说。

不是一份工作,而是关于《沃伦德·蔡斯》。

赫赫有名的索默维尔三人组并排坐在桌前。他们是利奥波德、辛西娅和克劳德,都是审美和纯文学方面的权威。我想他们是一样的人。哀伤的灰绿色眼睛一模一样,椭圆形的脸都差不多。利奥波德最小,三十出头,当他有话要说或感到兴奋的时候,就会从椅子上跳起来。辛西娅坐着一动不动,双手扣在胸前,她穿着灰绿色的裙子,和三位索默维尔的六只眼睛一个颜色,她的袖子很宽大,看上去像中世纪的款式。克劳德年龄最大,头发已经有些发灰。克劳德负责讨论生意上的事情,他带着歉意和怯怯的遗憾,这样子让人觉得如果质疑和讨论合同的条款会显得残忍,我高兴地看到,他已经准备好合同,放在他面前的桌子上了。

他们的长桌子干干净净,没有吸墨笺,没有笔架,也没有文件盒。只有放在辛西娅面前的《沃伦德·蔡斯》,放在利奥波德面前装有读者反馈意见的文件夹,以及放在克劳德面前的合同。他们已经摆好姿势,让人给他们画像。万事俱备,就差一首背景音乐《布兰登堡圆舞曲》。但我确信,他们不是有意识这样安排的。三一出版公司确实给人一种舞台剧的感觉,但是,以我这么多年的了解,他们三人联合的公众形象完全是本能的,甚至是天才的。

他们站起来跟我打招呼,然后又坐下,利奥波德小跳了一步。

"我们很乐意出版您的小说。"辛西娅说。两兄弟也跟着笑了,不是大笑,但充满善意。

那一刻,我无从得知辛西娅正在跟考文特果园的水果装卸工恋爱,利奥波德正在追求一位乐队指挥,而克劳德已经和一位富有的寡妇结婚,她有四个孩子,他有两个。对我来说,三一出版公司犹如自天而降,我离开的时候,他们也会消失。

利奥波德拍着读者反馈意见文件夹说,意见多种多样,从出版商的角度看,这令人振奋。他从椅子上跳起来说:"有些读者不喜欢,有些读者非常喜欢。""所以我们认为会有一个小小的粉丝群体出现。"辛西娅说。"这当然不是商业冒险。"克劳德补充说。"共识就是,"利奥波德说,"尽管沃伦德的邪恶留下了过于浓重的阴影,但你的主题是普世的。"(跳了一下。)

我说,我认为在现实生活中可能真有沃伦德·蔡斯这样的人。

三位一致同意。我感觉,不喜欢这本书的人中一定有西奥和奥黛丽·克莱门特,他们有时候给三一出版公司做阅读反馈。多年之后,我得知,正是因为他们极力要打压《沃伦德·蔡斯》,三一出版公司才决定出版这本书。

我想把合同带回家研究,这是一个合理的愿望。但我做不到,我认识的人也做不到,这样做等于给温和的、小心翼翼的克劳德深深地捅了一刀。我当场签了字,只查看了一下条款中有没有任选条款。克劳德注意到我的眼神。"任选条款还有待商定。"他小声说,仿佛大气不敢出,生怕我会改变主意。他补充说:"我们觉得这样措辞最得体。"他强调了"得体"一词,结果就是,我的机智在签合同这件事上暂时被"得体"替代了。

但是,事实上,这是一份很好的合同。预付版税有闻所未闻的一百英镑,我正需要这笔钱。我对辛西娅说,我还有一部小说正在创作中,题目是《万灵节》,我计划写第三部小说《英伦玫瑰》。她的灰绿色眼睛看着我,克劳德惊奇地感叹起来,利奥波德跳起来两次。就这样,我和三一出版公司合作,开启了我漫长的小说家生涯。

这笔钱一直支撑到11月,《沃伦德·蔡斯》就要出版了。这个月出书是不利的,但是前途未卜的处女作得让位给有把握的作品。我已经校对完了,感觉很厌烦。我的《万灵节》快写完了,那几个月里,我心心念念的只有这部小说。

我想应该是9月,沃利带我参观了剑桥大学。我们去了格兰切斯特村,鲁伯特·布鲁克的家。"教堂时钟停在三点差十分?"[①]教堂的时钟的确停在三点差十分。管理的要求使然。我突然开始厌恶那个时钟、格兰切斯特、鲁伯特·布鲁克和"可有蜂蜜来入茶"所揭示的精神气质,我最终告诉了沃利。他也不是完全麻木不仁。他说:"我希望你没有把我也当成你攻击的靶子。"

沃利最终和一位英伦玫瑰结了婚,她懂身份和礼仪,

---

① 英国诗人鲁伯特·布鲁克(Rupert Brooke)曾暂住格兰切斯特村,留下诗作《格兰切斯特牧师古宅》("The Old Vicarage, Grantchester")。这首诗的最后两行"教堂的时钟停在三点差十分,可有蜂蜜来入茶?"(Stands the church clock at ten-to-three/And is there honey still for tea?)抒发了诗人对田园生活的留恋和钟爱。这里下午茶的传统很有名,教堂的时钟会停在三点差十分。

所有人,包括孩子们的保姆都欣赏她。不久,沃利做了大使,住着带游泳池的房子,迎来送往的都是名人和他们的配偶,沃利常常屈尊来到他们中间说:"我刚忙完。"

三一出版公司印了一千本《沃伦德·蔡斯》,预计能卖五百本。"我们相信那些正面评论。"辛西娅在电话里说。他们派了一名摄影师去我房间拍照,打算印在书套的背面。

10月底,莱斯利的小说《双行线》出版了。小说塑造了一个铁石心肠的女人,为了得到小说主人公的爱情,和一个可怜的伦敦男孩发生冲突。我对小说的主要不满是它的用词。莱斯利不知道怎么表现方言,只能根据发音来拼写单词,我认为这永远是一部文学作品的缺陷。"泥肿么阔以介样对窝,先森?"(Ow can yer do this ter me, guv'ner?)莱斯利笔下的伦敦男孩问道。他只需要说(因为读者已经知道他是伦敦人):"你不能这么做。"听起来比那些 'ows、yers 和 ters 真实得多。

总之,莱斯利的小说有两篇评论,多迪拿过来给我看。评论写得不怎么样,但是,总比没有强。

《沃伦德·蔡斯》出版两周了,一篇评论都没有。一片沉寂,这让我伤心,但也不是太难过,因为我几乎忘了这本书,而我特别喜欢我的新作。

一个周四下午,我去看索力。他答应借我一点钱交房租,我在等我那些评论和文章的报酬。事实上,我还欠牙医钱,他的接待员已经没有耐心了。我一整天不接电话,深信那个一直响个不停的电话肯定是她打的。男仆很生气,我让他在总机上对所有人说我不在。他说他不喜欢撒谎。我告诉他,"不在家"不是谎言。他道理上同意了,但还是一脸不高兴。

索力和平时一样,坐在一堆报纸杂志中间。我说:"我不喜欢借钱,但我会很快还你。"

"你该担心。"索力说。他笑着,桌上摊着很多报纸,椅子上也有。有几份是周报。我看到还有《标准晚报》,然后,我看到了我的照片。到处都是《沃伦德·蔡斯》的评论,都是正面评论,标题字体还特别大。索力说,他提前得到消息,周日的报纸都会刊登评论文章。《标准晚报》的图片说明是:"芙蕾尔·塔尔博特在市区堆满书籍的书房里"。这情形已经过去很久了。

我记得西奥·克莱门特也是周日评论者之一。他说,该书毫无疑问是一本很重要的书,但是,作者很可能再也写不出其他作品。这个预言没有成真,因为《万灵节》和《沃伦德·蔡斯》一样受欢迎,后来,又出了《英伦玫瑰》和别的小说,有些更受欢迎,有些没那么受欢迎。

我还想起一件事:我去找索力借钱交房租那天,回家的时候,亚历山大先生拿着一份《标准晚报》在门口对我表示热烈欢迎。他请我进屋和他妻子一起喝一杯。我说:再说吧。男仆也显得焦躁不安,不知道怎么处理那些电话留言,但是对报纸上我的照片很感兴趣。他不敢相信,我竟不是因为作奸犯科才上的报纸。

我还记得,莱斯利那天晚上来看我。他恭喜我走运。他说:"当然,受大众欢迎……"这句话他没说完。他说:"呃,我会一直是你的朋友。"仿佛我刚刚被保释出来。

电话留言还在增加。男仆给了我一叠,晚上九点又给我一叠。我拿着它们上床,感觉有点不知所措。我一条一条地读。有些我需要回电话,他们是梅茜·杨小姐、贝丽尔·提姆斯太太、三一出版公司的辛西娅·索默维尔小姐、格雷·毛瑟先生、《好管家》杂志的特写编辑、《新闻晚报》的文学编辑、英国广播公司第三套节目的提姆·

萨特克里夫、利维森·多伊。还有很多其他人,包括多迪。

我给多迪回了电话。她指责我说,一切都是我预谋和策划的。"你早知道你在干什么。"她说。我同意她说的,我一直处心积虑,并告诉她,我明天一早去巴黎。

事实上,我只是在哈勒姆街的爱迪温娜那里躲了几个星期,直到喧嚣沉寂下去。我还有事要做。成功的话题像任何别的话题一样,我当时对其所知甚少,不知道怎样谈论它,也不知道怎样回答这方面的问题。在那几周里,三一出版公司卖出了《沃伦德·蔡斯》的美国版权、平装本版权、电影改编权和大部分国外版权。再见,贫穷。再见,青春。

这是很久以前的事。从那以后,我更加小心地创作。我总是期望我小说的读者水平都很高。我无法想象没水平的人读我的书。

爱迪温娜在九十八岁时过世。她的男仆拉德先生娶了费希尔小姐,他们继承了她的遗产。

梅茜·杨开了一家素食餐馆,在贝丽尔·提姆斯的经营下,生意红红火火。

埃格伯特·德莱尼神父因为裸露罪在公园里被捕后,被送到了康复中心。多迪给我提供了所有人的消息,但至此再也没有联系上德莱尼神父。

埃里克·芬得利去世时和家人关系很好,因为活得长,所以,他成了一个古怪的人,而不是疯子。

克洛蒂尔德·杜·卢瓦雷男爵夫人活了六十多岁,在加利福尼亚去世,她在那里加入了一个组织很严密的宗教派别。据多迪说,她死在精神导师的怀里,该导师是位东方神秘主义者。

我没有维尔克斯夫人的消息。但我为索力·门德尔松哀悼!索力,在汉普斯特德西斯公园瘸着腿沉重地行走的那个索力,那个有一张白森森的大脸的索力。哦,索力,我的朋友,我的朋友。

多迪多次离婚和结婚,我都不知道她现在姓什么。我住在巴黎。多迪现在的丈夫是位记者,几年前把她带到了巴黎。她和她的孩子们之间相处不是很融洽。我从来没见过比她的孙子更丑的孩子,但她爱她的孙子。多迪焦虑不安的时候,会在半夜到我窗下唱《友谊地久天长》，法国人在凌晨一点二十五欣赏不了这样的小曲。

有一天，我去多迪的小公寓看她，跟她吵了一架，我们谈到，我是在尽量脱离现实生活，而她不是。我来到院子里，和以前一样怒不可遏。有小孩子在踢足球，球直冲我飞过来。机缘巧合，我踢了漂亮的一脚，就算我专门学习、刻苦练习，都无法踢得这么好。球从空中划过，准确落在小男孩伸出的手上。孩子咧嘴笑了。就这样，我跨进了我的鼎盛年华，自此，上帝保佑，我高高兴兴踏上了我的人生之路。

LOITERING WITH INTENT © Copyright Administration Ltd, 1981
Simplified Chinese edition copyright © 2022 by Nanjing University Press
All rights reserved.

江苏省版权局著作权合同登记　图字:10-2019-623号

图书在版编目(CIP)数据

处心积虑 / (英)缪丽尔·斯帕克著；彭贵菊译.
—南京：南京大学出版社，2022.2
书名原文：Loitering with Intent
ISBN 978-7-305-24702-6

Ⅰ.①处… Ⅱ.①缪… ②彭… Ⅲ.①长篇小说-英国-现代 Ⅳ.①I561.45

中国版本图书馆 CIP 数据核字(2021)第 139886 号

出版发行	南京大学出版社
社　　址	南京市汉口路 22 号　　邮　编 210093
出 版 人	金鑫荣
书　　名	**处心积虑**
著　　者	[英] 缪丽尔·斯帕克
译　　者	彭贵菊
责任编辑	付　裕
照　　排	南京紫藤制版印务中心
印　　刷	徐州绪权印刷有限公司
开　　本	787×1092　1/32　印张 7.375　字数 110 千
版　　次	2022 年 2 月第 1 版　2022 年 2 月第 1 次印刷
ISBN	978-7-305-24702-6
定　　价	58.00 元

网　　址：http://www.njupco.com
官方微博：http://weibo.com/njupco
官方微信：njupress
销售咨询：(025)83594756

* 版权所有，侵权必究
* 凡购买南大版图书，如有印装质量问题，请与所购
　图书销售部门联系调换